세상에서 가장 아름다운 미소

세상에서 가장
아름다운 미소

세민얼굴기형돕기회 지음

이 책에는 우직한 백씨 형제 이야기를 비롯해 많은 감동적인 사연들이 실려 있다. 한 어린이의 인생을 환한 웃음으로 바꿔주고 그로 인해 운명이 바뀌고 행복해진 가족, 15년 동안 한 기업이 이룬 사회공헌, 신의 영역을 넘나드는 의사들, 보람 있는 일에 너도나도 모여드는 젊은 이들, 성형외과, 선천성 얼굴기형의 이해, 베트남이라는 나라, 베트남 사람들 등 이 책은 한 페이지 한 페이지가 열정과 감동으로 녹아 있다. 진정한 후원이란 어떤 것인지, 리더가 갖추어야 할 덕목에는 어떤 것들이 있는지는 물론 의사, 특히 성형외과를 전공하려는 의사들의 필독서로도 충분하다.

파노라마처럼 전개되는 나눔과 봉사의 이야기들을 읽다보니, 15년에 걸친 백씨 형제의 집념의 스토리는 텔레비전 앞을 떠나지 못하게 하는 한편의 연속극이라고 할 수도 있겠다.

대부분의 인간관계가 첫 만남, 첫 인상으로 시작되기 마련인데, 얼굴이 기형인 상태로 태어난 아이들, 또 그들의 부모, 그리고 형제자매들은 항상 마음의 상처를 가슴속에 묻고 살아가고 있는 셈이다. 백롱민 박사 형제는 이들에게 신만이 베풀 수 있는 숭고한 선물을 주었다. 새로운 인생, 그리고 행복한 가정을 선물한 것이다.

우직한 인간, 우직한 사업가가 성공한다는 최근 기사를 보았다. 여기, 집념과 끈기로 열여섯 차례나 수십 명의 의료봉사단을 이끌고 베트남을 방문하여 2,907명의 환자들에게 희망의 미소를 선물한 이야기는 끝나지 않고 지금도 계속되고 있다. 10년 후! 20년 후! 그 후편도 기대된다. 형제는 영원하여라~!

- 한국심장재단 이사장 조범구

어린이재단 후원회장을 30여 년간 맡아오면서 '내가 움직임으로써 여러 사람이 혜택을 받을 수 있다' 는 평범하면서도 고귀한 진리를 늘 깨닫곤 했다. 이번 책을 읽으면서 나는, 자신이 가진 재능과 열정을 나눔으로써 국내는 물론 베트남, 몽골 등 여러 나라의 어린이들에게 미소와 희망, 심지어 새 삶을 찾아준 두 의사형제를 존경하게 되었다.

세계적인 성형외과 의사로서 형편이 어려운 아이들을 위해 '무료수술'을 해온 이야기는 익히 들어 알고 있었지만, 20년을 변함없이 열정적으로 치열하게, 게다가 꾸준하게 봉사해왔다는 사실은 이 책을 통해 구체적으로 접하게 됐다. 의료진들의 봉사, 후원자들의 나눔과 사회공헌이 양 날개가 되어 사랑스러운 천사들에게 미소를 찾아준 '참된 봉사와 나눔' 정신을 책을 읽는 내내 확인할 수 있었다. 이들의 도움으로 환한 웃음을 되찾은 3,000여 명 가까운 아이들을 떠올리면 내 입가에도 저절로 '미소' 가 맴돈다.

- 연기자 최불암

책을 읽고 오랜만에 따뜻한 감동을 받았다. 혼탁했던 마음이 깨끗이 정화되는 느낌이었는데, 만화로도 만들어 널리 알릴 필요가 있겠다는 생각이 들 정도였다. 요즘처럼 각박한 시대일수록 이런 감동스토리는 더 많이 읽혀야 한다. 그래야 '행복과 감동 바이러스'가 두루두루 퍼져 좀 더 인간다운 세상이 되지 않겠는가.

세민얼굴기형돕기회(Smile For Children)는 선천적 얼굴기형 어린이들에게 무료로 수술을 해주기 위해 결성된 단체다. 두 의사형제를 비롯한 다양한 구성원들의 열정, 헌신, 사랑이 주축이 되어 2010년까지 15년 동안 2,907명의 여러 나라 얼굴기형 환자에게 희망의 미소를 선물했다. 그만큼 아름다운 미소가 세상을 밝히게 된 것이다. 그들의 작은 기적 이야기를 담은 이 책이 널리 읽혀 많은 사람들에게 잔잔한 감동을 주었으면 하는 바람이다.

- 만화가 이현세

지금, 웃고 있나요?

섭씨 37도를 웃도는 더운 날씨. 가만히 있어도 땀이 줄줄 흐르고 숨이
턱 막힌다. 베트남 까마우(Ca Mau) 종합병원은 말 그대로 찜통 같다. 병
실을 가득 채우고도 넘쳐나는 얼굴기형 환자들과 그 가족들이 병원 복
도에 자리를 잡고 앉아 있다. 더위에 지쳐 잠이 든 아이를 아예 맨바닥에
눕혀 놓고 연신 부채질로 땀을 식히는 엄마의 모습도 보인다. 갈라진 입
술과 일그러진 코, 제 구실을 못하는 잇몸 때문에 기형적으로 자란 치아
들….

병원 복도를 한가득 메우고 있는 아이들의 모습은 한눈에 보기에도 비
정상적이다. 태어날 때부터 선천적으로 얼굴기형을 가지고 태어난 탓이
다. 이 아이들은 한국에서 온 의료봉사단이 수술실로 자신의 이름을 불
러주기만을 하염없이 기다리고 있다. 수술을 기다리는 환자가 200명 가
까이나 되어서 행여 자신의 차례가 오지 않을까 아이의 부모들은 초조

하다. 그러면서도 수술 후 달라진 아이의 모습을 생각하며 힘든 시간을 견뎌낸다. 더위에 지쳐 칭얼거리는 아이를 겨우 달래 잠을 재운다. 아직 수술 전이지만, 세상 모르고 잠든 아이의 모습은 영락없는 천사다.

'부디 이 천사 같은 아이들에게 세상에서 가장 환한 미소를 허락해주소서.'

한국에서 날아와 연일 찜통더위 속에 계속되는 강행군으로 천근만근 피곤해진 몸을 이끌고 전쟁터 같은 수술실로 들어서는 성형외과 의사들. 그들의 소리 없는 기도가 푹푹 찌는 열기와 소망의 눈초리로 가득한 병원 복도를 가만히 울린다.

베트남 최남단에 위치한 까마우는 경제개발이 한창인 중북부에 비해 상대적으로 낙후된 농촌, 그 중에서도 가장 가난한 지역 중 한 곳이다. 까마우라는 지명이 우리에게 낯설지 않은 이유는, 우리나라에 들어와 살고 있는 결혼이주여성 중 상당수가 이 지역 출신인 탓이다. 그만큼 사는 게 힘들고, 척박한 곳이다.

지난 2008년, 그동안 의료 혜택의 불모지나 다름없었던 까마우에 희망의 소식이 전해졌다. 하루 벌어 하루 살기도 버거운 삶인지라, 갈라지고 일그러진 얼굴을 가지고 태어났어도 천형(天刑)처럼 참고 살아야 했던 그곳의 얼굴기형 환자들에게 무료로 수술을 받을 수 있는 기회가 열린 것이다.

생후 10개월 된 여자 아이 판 타오비. 3남매 중 막내인 타오비는 처음부터 다른 형제들과는 다른 모습으로 태어났다. 입술과 입천장이 갈라진 구순구개열이었다. 넉넉하지 않은 형편이지만 그래도 화목하게 살았던 가족에게 타오비는 유일한 아픔이었다. 아무것도 모르는 아이가 해맑게 웃을 때마다 엄마, 아빠는 마음이 아렸다. 할머니는 자꾸 눈물만 찍어냈다. 그들이 가장 마음 아파한 부분은 아이가 제대로 먹지 못하는 것이었다. 눈에 넣어도 아프지 않을 아이에게 풍족하지는 못해도 배불리 먹이고 싶은 것이 부모의 심정이건만, 아이는 젖병에 든 분유도 제대로 빨지 못하고 그나마 힘겹게 빨아서 입에 들어간 분유도 벌어진 입술 사이로 줄줄 흘러내렸다. 하지만 그들의 형편으로는 도저히 감당할 수 없는 치료비 때문에 수술은 엄두도 못 내고 있었다. 설사 치료비가 있다고 하더라도 그 지역에는 타오비를 수술할 의료시설도 의료진도 없었다.

"타오비, 이제 우리에게도 희망이 생겼어. 한국에서 온 의사 선생님들이 타오비 얼굴을 예쁘게 고쳐주실 거래."

타오비의 부모는 평생 한 번 있을까 말까 한 수술의 기회를 놓치지 않기 위해, 강을 건너고 좁은 오솔길을 오토바이를 타고 달린 후 큰 길에서 다시 차를 타야 하는 먼 길을 아이를 데리고 왔다. 이제 타오비와 타오비의 가족은 그들을 슬프게 했던 아픔과 이별할 수 있을까?

까마우 종합병원 복도에서 자신의 수술 차례를 기다리는 얼굴기형 환자들 중에는 한 쪽 눈이 심하게 처져 있는 안검하수를 가진 일곱 살 여자 아이도 있었다. 일터에 나간 부모 대신 할머니의 손을 잡고 온 소녀는 까무잡잡한 피부에 단아한 얼굴선, 그리고 윤기가 흐르는 검은 머릿결을 가지고 있었다. 눈만 수술해주면 전형적인 베트남 미인으로 자랄 것이 분명했다. 이제 곧 마술과 같은 일이 소녀에게 일어날 것이다.

유난히 수줍어하던 소녀는 나중에 커서 무엇이 되고 싶으냐는 질문에 작은 목소리로, 그러나 진심어린 눈빛으로 이렇게 말했다.

"의사 선생님이 되고 싶어요. 한국의 의사 선생님들이 저를 도와주신 것처럼 저도 나중에 저 같은 아이들을 돕는 훌륭한 의사 선생님이 될 거예요."

소녀는 그렇게 말하고 환하게 웃었다. 그 모습이 너무 예뻐서 보는 사람 입가에도 저절로 미소가 지어지는 그런 웃음이다.

웃음엔 전염성이 있다. 기쁜 마음이 클수록, 행복을 나누고자 하는 바람이 클수록 그 전염성은 더욱 커진다. 낯설고 보기 흉한 얼굴을 가진 아이들. 하지만 사랑의 수술로 누구보다도 더 예쁘고 환한 미소를 갖게 될 아이들. 이 아이들을 보고 있으면 세상엔 정말 '기적' 이라는 것이 존재할지도 모른다는 순진한 생각이 든다. 그리고 그런 순진한 생각을 갖게 만들어준, 세상에서 가장 아름다운 미소를 만드는 사람들의 이야기가 궁금해진다.

하루하루를 웃을 수 없는 고통 속에 살고 있는 얼굴기형 환자들. 그들에게 새 삶의 희망을 주는 유일한 돌파구는 성형수술이다. 환자 자신과 가족들을 제외하면 아마도 얼굴기형으로 인한 고통과 어려움을 누구보다 잘 이해해줄 사람들이 바로 성형외과 의사들일 것이다. 게다가 그들은 그 고통과 눈물의 시간을 기쁨과 희망의 시간으로 바꾸어놓을 능력을 가지고 있다. 그러니 그들이 얼굴기형 환자를 위한 무료수술 사업을 펼치는 것이 당연하게 느껴질지도 모른다. 그러나 그렇다고 그 일을 아무나 선뜻 나서서 할 수는 없다. 뜻이 있어도 열정이 없으면 안 되고, 시간이 있어도 실력이 없으면 할 수 없는 것이 바로 그 일이기 때문이다.

세민얼굴기형돕기회(Smile For Children)는 우리나라 성형외과의 살아 있는 전설 백세민 박사가 주축이 되어 선천적 얼굴기형 어린이들에게 무료로 수술을 해주기 위해 결성한 단체다. 1989년에 전국 순회 진료를 통해 국내의 얼굴기형 어린이 환자에 대한 무료 수술을 시작한 이래 1996년부터는 베트남 의료봉사를 시작해 2010년까지 15년 동안 16차례에 걸쳐 총 2,907명의 베트남 얼굴기형 환자에게 희망의 미소를 선물했다. 그동안 베트남 의료봉사에 참가한 의료진과 자원봉사자들의 누적 인원도 300명이 넘는다. 규모로 이 일의 의미를 전부 설명할 수는 없겠지만 그래도 그만큼 아름다운 미소가 세상을 밝히게 된 것이다.

지금부터 그들이 만들어온 작은 기적의 이야기들을 시작해보려 한다. 어두운 골방에서 세상과 단절된 채 살아가던 수천 명의 얼굴기형 환자들에게 다시 거울을 보고 세상으로 한 발자국 다가설 수 있도록 희망과 용기를 전해준 사람들의 지난 20년의 기록이 여기에 고스란히 담겨 있다.

사람들은 흔히 성형외과라고 하면 미용성형만을 떠올리지만 단순히 더 예뻐지기 위한 성형이 아닌, 삶을 보다 가치있고 행복하게 만들기 위한 성형수술도 있다는 것을, 이 책을 통해 많은 사람들이 알게 되었으면 좋겠다. 또한 얼굴기형 환자들이 겪어야만 하는 고통과 슬픔을 조금이라도 이해할 수 있는 기회가 되었으면 좋겠다. 더불어 자신이 가진 재능을 세상을 위해 쓰는 일, 나눔은 그 자체로 행복일 수 있다는 사실에 공감하길 바란다.

CONTENTS

누구에게나 정해진 운명이 있는 것일까?
백세민 박사는 전쟁의 후유증과 기형을
운명처럼 받아들이고 있던 베트남에
새 삶의 희망을 선물하기로 한다.

두
의사형제가
만든
'미소'
이야기

아이들에게 미소를

이야기의 시작은 30여 년 전으로 거슬러 올라간다.

"이제 한국으로 돌아가야겠습니다."

"닥터 백, 그게 무슨 소리입니까? 당신은 이곳에서 성공한 성형외과 의사로서의 삶을 잘 살고 있어요. 왜 굳이 처음부터 다시 시작하려고 합니까?"

1980년대 초의 일이다. 서울대 의대를 졸업(1967년)한 후 백세민 박사는 미국으로 건너가 일반외과와 성형외과 전문의를 취득했다. 미국 시나이(Mt. Sinai) 병원의 성형외과 과장을 역임하는 등 잘 나가는 성형외과 의사로 명성을 쌓아가고 있던 그가 돌연 귀국을 선언하자 동료들은 의아해했다. 하지만 백세민 박사의 의지는 확고했다.

"나는 나를 낳고 키워준 고국에서 해야 할 일이 있습니다."

그렇게 큰 뜻을 품고 귀국한 백세민 박사는 고려대 구로병원 성형외과 과장을 거쳐 인제대 백병원 성형외과에 안착했다. 그곳에서 백세민 박사는 후배들, 그리고 제자들과 함께 우리나라 성형외과의 전성기를 열었다.

하늘로부터 받은 재능은 남을 위해 써야

백세민 박사가 한국으로 돌아와 이루고자 했던 꿈은 우리나라 성형외과의 발전만은 아니었다. 그는 귀국과 동시에 의료봉사의 뜻을 펼치고자 했다. 하늘로부터 받은 재능은 자신이 아닌 남을 위해 써야 한다는 평소의 소신을 실천하기 위해서였다. 그러나 당시는 우리나라에 의료봉사 문화가 뿌리 내리기 전이었기 때문에 생각처럼 주변 여건이 따라주질 않았다.

그가 처음으로 관심을 가진 곳은 부평 나환자촌의 얼굴기형 환자들이었다. 우리 사회의 가장 그늘진 곳에서 소외된 채 살아가고 있는 그들의 아픔을 치유해주고 싶은 마음이 컸던 것이다.

"환자를 수술하는 데 필요한 모든 기술과 노동은 제가 제공하겠습니다. 수술을 할 수 있는 장소와 장비만 무료로 제공해주십시오."

백세민 박사는 병원에 협조를 요청했다. 그러나 그의 요청에 후원을 해주겠다고 선뜻 나서는 병원은 없었다.

"백 선생님의 뜻은 잘 알겠습니다. 하지만 비용이 문제가 아닙니다. 나환자를 병원에 입원시켰다가 다른 환자들에게 병을 옮기기라도 하면 백 선생님이 책임지시겠습니까?"

왜 하필 어린 아이들인가?
이 질문에 대한 대답은 하나입니다.
우리가 하는 수술로 그들의 인생을
변화시킬 수 있기 때문입니다.

병원 측의 거절 이유는 분명했다. 안타까웠지만 병원에 피해를 주면서까지 나환자들을 돕겠다고 나설 수는 없었다. 할 수 없이 첫 번째 의료봉사 계획은 그렇게 무산되고 말았다. 그 후 고려대 구로병원으로 옮긴 백세민 박사는 성형연구소를 만들고 그곳에서 얼굴기형 환자에 대한 무료수술 사업을 시작하려고 했다. 그러나 이번에는 재정적인 문제로 꿈을 실현하지 못했다.

'이대로 꿈을 접을 수는 없어. 자비를 털어서라도 일단 시작을 하자.'

그렇게 마음을 먹고 있을 때 쯤 백병원에서 스카우트 제의가 왔다.

"백세민 박사와 함께 대한민국 최고의 성형외과를 만들고 싶습니다."

"좋습니다. 하지만 한 가지 부탁이 있습니다."

"말씀해보시죠."

"형편이 어려운 얼굴기형 환자들을 위해 무료수술을 할 생각인데, 병원의 시설과 스태프를 지원해주십시오."

백병원은 백 박사에게 협조를 약속했다. 그렇게 해서 오랜 꿈이었던 얼굴기형 환자 무료수술 사업의 첫 발을 내딛게 되었다.

마침 그 즈음 한국심장재단의 전신인 새세대심장재단이 설립되면서 전국 순회 무료진료 사업을 펼쳤다. 백세민 박사도 합류했다. 이때부터 매년 20여 군데의 전국 시, 군을 순회하며 얼굴기형 환자를 진료하기 시작했다. 이 사업은 1989년부터 2000년대 초까지 계속되었는데, 보건소에서 각 동네의 얼굴기형 환자들을 수소문해서 모아놓으면 백세민 박사팀의 전공의들과 간호사들이 조를 짜서 돌아가면서 진료를 나갔다. 그렇게 전국 순회 진료를 통해 4,600명이 넘는 얼굴기형 환자를 진료했고, 이 가운데 경제적으로 어려운 1,150여 명에게 수술비를 지원했다.

어린이들에게 새 삶과 밝은 세상 보여주고 싶어

무료수술은 선천적 얼굴기형 환자들 중에서 경제 형편이 어려운 환자들을 대상으로 삼았는데, 가급적이면 어린 아이들을 우선적으로 수술해 주었다. 왜냐하면 그들은 앞으로 살아갈 날이 더 많고, 수술을 통해 삶이 변화될 가능성이 더 크기 때문이다. 백세민 박사는 이렇게 말하곤 했다.

"왜 하필 어린 아이들인가? 이 질문에 대한 대답은 하나입니다. 우리가 하는 수술로 그들의 인생을 변화시킬 수 있기 때문입니다."

모든 사람이 태어날 때 정해진 운명대로만 살아가는 것은 아니다. 누구에게나 새롭게 삶을 변화시킬 가능성의 기회가 열려 있다. 백세민 박사는 경제적으로 어렵다는 이유로 기회를 갖지 못하는 어린 아이들에게 새 삶의 희망을 선물하기로 했다. 수술 후 몰라보게 예뻐진 얼굴로 환하게 웃고 있는 아이의 미소처럼 아름다운 것은 없다. 백세민 박사는 그 아름다운 미소를 보면서 무한한 행복을 느꼈다. 그것이 그가 얼굴기형 어린이 무료수술 사업을 시작한 이유였다.

살아 있는 전설이 된
성형외과 의사

백세민 박사는 우리나라 성형외과계에 지대한 영향을 미친 인물로 정평이 나 있다. 그가 개발해서 보급한 광대뼈 성형술, 사각턱 교정술, 연속 매몰식 쌍꺼풀 수술 등의 성형시술법은 최근까지도 거의 모든 성형기술의 기본 바탕이 되고 있다. 우리나라의 성형외과를 흔히 백세민 박사의 등장 이전과 이후로 나누는 것도 이와 같은 맥락이다. 특히 뛰어난 안면윤곽수술법을 바탕으로 얼굴기형 수술 분야에서는 타의 추종을 불허하는 업적을 남겼다.

처음 미국으로 유학을 떠나 영어도, 의학 지식도 부족한 상태에서 그는 인턴과 레지던트 과정을 마치기 위해 하루 두 시간 이상 잠을 자본 적이 없을 정도로 노력했다. 선진 성형수술기법, 그 중에서도 안면윤곽수술법을 연마하기 위해 5년 동안 무려 300여 구에 달하는 시신을 해부했다는 이야기는 성형외과 의사들 사이에서 전설처럼 전해지고 있다. 덕분에 그는 안면윤곽수술 분야에서 세계 최고의 자리에 오를 수 있었다.

그런 그가 과장으로 있었던 인제대 백병원은 한때 세계에서 가장 큰 규모의 성형외과로 명성을 떨쳤다. 지금이야 대만 등 다른 나라에도 규모가 큰 성형외과가 생겼지만 당시만 하더라도 성형외과 입원 환자가 100명이 넘는다는 것은 상상도 할 수 없는 일이었다. 그래서 국내뿐만 아니라 외국에서도 견학을 와서 그 노하우를 배워가려는 성형외과팀이 많았다. 그러다보니 매일 수술로 바쁜 와중에도 성형외과 의국의 스태프들이 돌아가며 외국에서 온 손님들을 픽업하러 공항에 나가곤 했다.

세계 최고의 안면윤곽수술, 백세민 박사의 꿈

백세민 박사는 자신의 노하우를 바탕으로 1990년대 초 중국에 진출했다. 당시만 하더라도 중국은 성형외과의 불모지나 다름없었다. 그는 한 번 출장을 갈 때마다 2~3주씩 머무르면서 중국 전역을 돌며 강연을 했다. 그가 가는 곳마다 강연을 들으려는 사람들로 문전성시를 이루었으며, 직접 성형수술을 시연해 보일 때면 여기저기서 탄성이 들려왔다. 그때 동행 취재를 가서 백세민 박사의 수술 시연을 지켜봤던 한국일보의 신정섭 기자는 그 모습을 보고 이렇게 말했다.

"백세민 선생님이 수술하는 장면을 현장에서 직접 보면, 전문가가 아닌 사람이 봐도 '아, 이것은 의술이 아니라 예술이다' 라는 생각이 들 정도였습니다. 그만큼 그는 독보적인 존재였습니다."

백세민 박사는 열정적으로 중국 전역에 한국의 우수한 성형기술을 전파했고, 그것이 지금 중국에서 성형 열풍을 일으키는 밑바탕이 되었다.

대외적인 활약도 대단했지만, 백세민 박사가 제자들에게 미친 영향은 절대적이었다. 그의 순발력과 카리스마는 마치 유명한 오케스트라를 지휘하는 노련한 지휘자와 같았다. 백세민 박사 밑에서 최고의 성형외과 의사로 살아남기 위해서는 혹독한 트레이닝을 참고 견뎌야 했다. 더러는 지레 겁을 먹고 도망치는 학생도 있었다. 하지만 그는 겉으로는 무서울지 몰라도 속으로는 제자들을 사랑하고 아끼는 마음이 한없이 넓고 따뜻한 사람이었다. 어느 해 신년하례 때, 여러 후배와 제자들이 모인 자리에서 백세민 박사가 이런 말을 했다.

"내가 자네들에게 욕도 많이 하고, 이것도 제대로 못하냐고 나무란 적도 많을 것이다. 하지만 그건 자네들이 진짜 못해서가 아니라 더 잘 되길 바라서 그런 거니까 이해해주길 바란다."

의술이 아닌 예술, '의료봉사' 라는 새 길을 열다

그가 이룩한 학문의 경지가 워낙 높고, 또 그로 인한 기대치가 높다보니 제자들이 아무리 노력해도 스승의 성에 안 차는 경우가 많았다. 하지만 그런 스승의 다그침 덕분에 끝까지 살아 남은 제자들은 어디에 가도 뒤지지 않는 최고의 실력을 갖춘 성형외과 전문의가 되었다. 그들은 현재까지 의료계에서 많은 활약을 하고 있으며, 그들이 갖는 자부심 또한 대단하다.

하지만 많은 후학들이 백세민 박사를 존경하는 이유가 비단 학문적인 성과 때문만은 아니다. 백세민 박사는 우리나라 성형외과의 발전을 위해 힘썼을 뿐 아니라 가난 때문에 수술을 받지 못하는 얼굴기형 환자들을 위해 자비를 털어 무료수술을 시작했다. 사람들은 흔히 남을 위해 베푸는 것은 가진 것이 많아야 할 수 있는 일이라고 생각한다. 그러나 아무리 가진 것이 많아도 누구나 그런 선행을 베풀 수 있는 것은 아니다. 백세민 박사는 쉽지 않은 그 일을 몸소 실천했고, 많은 후배와 제자들은 그 모습을 보고 자연스럽게 따라하게 되었다.

아무도 가지 않은 곳을 누군가 먼저 걸어가 흔적을 남기면, 누군가가 그 뒤를 뒤따르게 된다. 많은 사람들이 그 뒤를 따라가다 보면 결국 거기에 길 하나가 만들어진다. 그렇게 백세민 박사는 황무지 같던 우리나라 성형외과에 커다란 족적을 남겼고, 다른 성형외과 의사들이 그 뒤를 따를 수 있도록 길을 만들어주었다. 또한 그는 의료봉사라는 새 길을 열어준 길잡이 같은 사람이었다. 그의 노력이 있었기에 우리나라 의료봉사의 수준도 그만큼 높아졌다는 사실을 누구도 쉽게 부정할 수는 없을 것이다.

같은 길을 걷는 두 형제

백세민 박사에게는 열다섯 살 아래의 남동생이 한 명 있다. 그가 바로 현재 분당 서울대병원 부원장이자 세민얼굴기형돕기회(Smile For Children)의 회장을 맡고 있는 서울의대 백롱민 교수다. 백롱민 교수는 인제대 백병원 성형외과 백세민 박사팀에서 일하면서 성형외과 의사로서 실력과 입지를 다졌고, 얼굴기형 무료수술 사업에도 눈을 떴다.

백세민, 백롱민 형제. 이 두 형제가 학식과 인품을 두루 갖춘 훌륭한 인물로 성장한 데는 부모님의 역할이 컸다. 공무원인 아버지와 두 아들을 사랑으로 키운 어머니. 그 분들은 자식들에게 이래라저래라 하는 법이 없었다. 그저 당신들 스스로 바르게 살며 모범을 보이셨다. 백롱민 교수는 그런 부모님의 훈육에 대해서 다음과 같이 말했다.

"저는 어렸을 때부터 부모님을 보면서 부모가 자식에게 바르게 사는 모습을 보여주는 것만큼 큰 가르침은 없다는 것을 느끼면서 자랐습니다. 그렇게 바른 길로 인도해주신 부모님을 존경합니다."

진주에서 나고 자란 백세민 박사는 부산고등학교를 졸업했다. 올곧은 성품에 학업 성적도 우수했던 그에게 집안 어른들이 거는 기대도 남달랐다. 아버지와 문교부(현 교육과학기술부) 국장 출신으로 고등학교 교장을 하던 큰 삼촌, 철도청 연수원장을 하던 둘째 삼촌, 약국을 운영하던 막내 삼촌이 한자리에 모여 집안 장남의 진로에 대해서 나름 진지한 토론을 벌이기도 했다.

"세민이가 이과니까 당연히 서울대 의대로 가야 하지 않겠어?"

"아무렴. 집안에 의사 한 명쯤은 있어야지."

형의 뒤를 따르는 자랑스러운 동생

당시만 하더라도 문과는 법대, 이과는 의대가 최고라는 인식이 컸던 때였다. 그렇게 집안 어른들은 암묵적으로 '백세민 의사 만들기'에 동의했다. 그렇다고 강요하지는 않았다. 백세민 박사가 의대에 진학한 것은 어디까지나 본인의 선택이었다.

서울대 의대에서 수학한 백세민 박사는 의대 졸업 후 인턴과정만 한국에서 밟고 곧바로 미국으로 유학을 떠났다. 학문에 대한 그의 열정은 뜨거웠다. 처음 미국에 정착할 때 언어 문제도 힘들었지만, 한국에서 배운 의학

수준이 미국의 의학 수준을 따라가지 못했기 때문에 공부에 어려움이 많았다. 그러나 그는 그 모든 것을 극복하고 유명한 성형외과 전문의가 되었다. 당시 성형외과는 미국에서도 신 개척 분야나 다름없었다. 백세민 박사는 남보다 한 발 앞서 자신의 능력을 펼쳐 보일 기회를 놓치지 않았다. 마침 한 프랑스 의사가 쓴 뼈 수술에 관한 논문을 읽고 얼굴기형 환자 수술에 관심을 갖게 된 그는 각고의 노력을 기울였고, 결국 안면윤곽성형 분야에서 세계 최고의 의사가 되었다.

부산에서 학창시절을 보낸 동생 백롱민도 별다른 고민 없이 서울대 의대에 진학했다. 어렸을 때부터 의사가 꿈이었다거나 집안 어른들이 "너도 형처럼 의사가 되라"고 한 건 아니었다. 그런데도 의대 진학을 자연스럽게 받아들인 것을 보면 형의 영향을 알게 모르게 많이 받고 있었던 모양이다.

백세민 박사가 미국에서 성형외과 의사로 한창 명성을 떨치고 있을 때 백롱민 교수는 본과를 마치고 서울대병원에서 인턴을 하고 있었다. 그리고 전공의 수련을 위해 과를 결정해야 할 때쯤 백세민 박사가 한국으로 돌아왔다. 그야말로 금의환향이었다. 백세민 박사의 귀국으로 국내에는 성형외과 붐이 일기 시작했고, 전공의들 사이에서도 성형외과가 단연 인기가 높았다. 백롱민 교수 역시 주저 없이 성형외과를 전공으로 선택했다. 그는 성형외과의 새롭고 창의적인 면이 맘에 들었다.

서울대병원 성형외과에서 전공의 과정을 마친 백롱민 교수는 얼마 후 형님이 계신 인제대 백병원으로 자리를 옮겼다. 당시 성형외과 전공자들에게는 인제대 백병원에 들어가서 백세민 박사팀에서 일을 배우는 것이 꿈이었다.

"형님, 저도 백병원으로 옮기겠습니다."

"그래? 네가 실력이 있고 버틸 자신이 있다면 그렇게 해."

백세민 박사는 찬성도 반대도 하지 않았다. 말하자면 해볼 테면 해보라는 식이었다.

백병원에서의 생활은 그야말로 전쟁이었다. 그곳에서만큼은 형님 동생 사이가 아니라 철저히 성형외과 과장과 전임의(fellow) 관계로만 지냈다. 다른 동료들과 마찬가지로 백세민 박사의 혹독한 가르침을 묵묵히 따르면서 백롱민 교수는 실력을 갖춘 성형외과 의사로 성장해갔다. 동생이라고 봐주지도, 그렇다고 더 독하게 대하지도 않았다. 백세민 박사는 그만큼 공평한 사람이었다.

하지만 백세민 박사가 겉으로 표현을 안 해서 그렇지 마음속으로는 하나뿐인 동생을 아끼는 마음이 각별했다. 하라고 시키지도 않는 데도 힘든 일인 줄 알면서 형의 뒤를 따르는 동생이 기특하기도 하고 자랑스럽기도 했다. 백세민 박사는 그런 마음을 딱 한 번 드러낸 적이 있었다. 차가 필요하다는 동생의 말에 그 길로 자동차 대리점으로 데리고 가서 차를 계약해준 것이다. 그리고 월급을 쪼개 얼굴기형 환자들을 무료로 수술해주는 빠듯한 상황에서도 꼬박꼬박 차 할부금을 내주었다. 백롱민 교수에게는 잊지 못할 큰 선물이었다.

좋은 의사는
이런 모습이 아닐까

백롱민 교수에게 백세민 박사는 때론 아버지 같고 때론 스승 같은 존재다. 나이 차이도 많이 나지만, 형님이 워낙 큰 산 같은 존재이다 보니 백롱민 교수의 입장에서는 감히 범접하기 힘든 면이 있었다. 특히 백세민 박사가 현역 시절에 보여주었던 그 카리스마는 도저히 따라갈 수 없었다. 그에게는 탁월한 리더십이 있었다. 본인이 옳다고 생각하는 것에 대한 추진력도 대단했다. 백롱민 교수는 그런 형님을 닮고 싶었다. 그래서일까. 백세민 박사와 백롱민 교수를 옆에서 오랫동안 지켜본 지인들은 두 형제가 묘하게 닮은 구석이 있다고 말한다. 무엇보다 인생에서 우선순위로 두어야 하는 가치를 위해서 부차적인 것들은 과감히 희생할 줄 아는 면이 그렇고, 수술실에서 엄격한 모습도 그렇다는 것이다.

백롱민 교수에게는 주변 사람들을 편안하게 해주는 친화력과 부드러운 리더십이 있다. 나눔이란 기본적으로 사람에 대한 배려와 신뢰가 밑바탕이 되어야 한다. 그런 면에서 백롱민 교수야말로 백세민 박사의 뒤를 이어 세민얼굴기형돕기회를 이끌어 나갈 자격이 충분했다. 물론 그

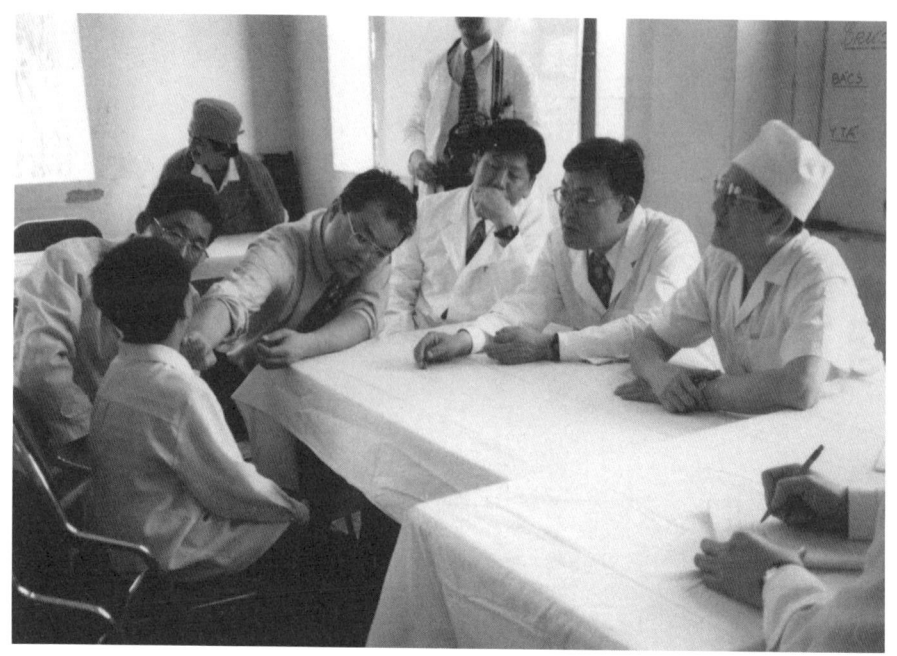

1996년 베트남에서의 첫 의료봉사. 닥터 판과 백세민 박사가 함께 환자를 보고 있는 모습. (사진 오른쪽에서 첫 번째, 두 번째)

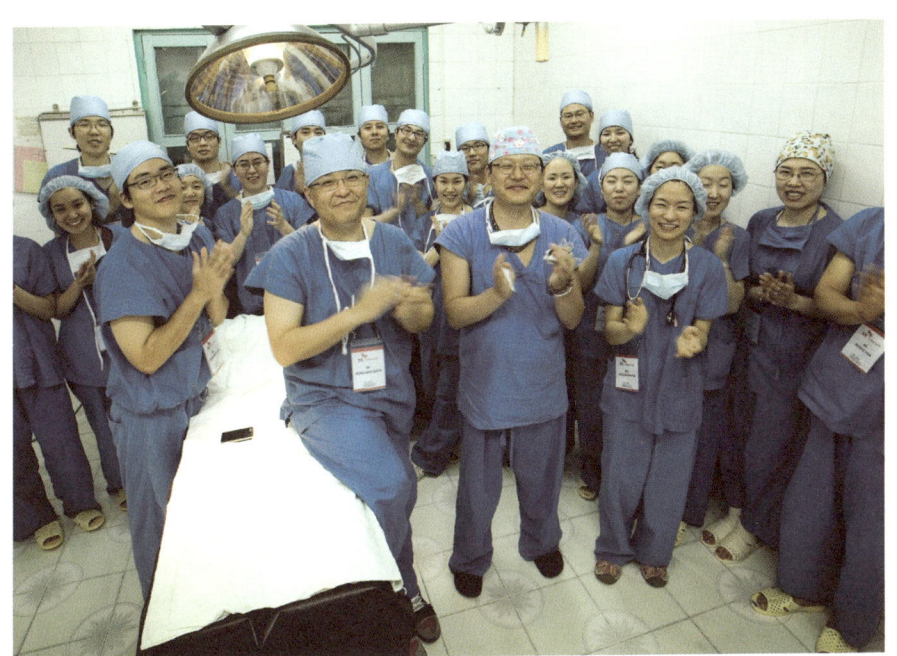

백롱민 교수에게는 주변 사람들을 편안하게 해주는 친화력과 부드러운 리더십이 있다. 나눔이란 기본적으로 사람에 대한 배려와 신뢰가 밑바탕이 되어야 한다. 그런 면에서 백롱민 교수야말로 백세민 박사의 뒤를 이어 세민얼굴기형돕기회(Smile For Children)를 이끌어 나갈 자격이 충분했다. 물론 그는 형님 못지않은 실력을 갖춘 성형외과 의사다. (사진 맨 앞줄 왼쪽에서 두 번째가 백롱민 교수)

는 형 못지않은 실력을 갖춘 성형외과 의사다. 그러나 분명한 것은 그가 의사로서 실력이 있다고 해서, 혹은 백세민 박사의 동생이라는 이유만으로 의료봉사 단체를 이끄는 수장이 된 것은 아니라는 것이다.

많은 사람들이 백세민, 백롱민 형제를 보면서 좋은 의사란 어떤 모습이어야 하는지 느끼게 된다고 한다. 두 형제는 대한민국 의료계에 꼭 필요한 인재이자, 나눔의 가치를 실천하는 지성인의 좌표라고 할 수 있다.

얼굴기형 환자 찾아
전국 방방곡곡

　백롱민 교수가 백병원에서 하루 20시간까지 일하던 시절, 모처럼 하루 쉬는 일요일에 백세민 과장의 호출을 받았다. 지방 보건소로 순회 진료를 나가라는 것이었다. 한숨이 절로 나왔지만 과장님 말씀이 곧 법이던 시절이니 어쩔 수 없었다. 백롱민 교수는 동료들 몇 명과 함께 전라도행 밤기차에 몸을 실었다.

　다음 날 이른 아침 목적지에 도착해 보건소로 갔다. 그곳에는 얼굴기형 환자가 20여 명 앉아 있었다. 백롱민 교수와 동료들은 그동안 서울 병원에서 얼굴기형 환자들을 수도 없이 봐왔다. 그런데 지방의 한 작은 보건소에서 만난 얼굴기형 환자들은 지금까지와는 전혀 다른 느낌이 들었다. 왠지 모르게 가슴이 찡했다. 그들을 위해서 뭔가 해주어야겠다는 생각이 절로 들었다.

　그들이 수술을 받지 못하는 이유는 단지 돈이 없어서가 아니었다. 그들에게는 수술에 대한 인식 자체가 전혀 없었다. 그런 사람들에게 서울에 올라와 진료를 받으라고 하면 집 밖에도 못 나가는 얼굴로 어떻게 서울까지 가냐며 고개를 내저었다. 그래서 전국을 20개 구역으로 나누고 찾아가서 진료를 하는 순회 진료 방식을 택하게 된 것이다. 그나마 직접 찾아가서 진료를 하니까 꽁꽁 숨어 있던 얼굴기형 환자들을 만나볼 수 있었다.

숨어버린 환자들을 찾아가는 진료를 시작하다

당시 백세민 박사는 전국의 교육청, 보건소, 관공서 등에 미리 공문을 보내 환자들을 찾아서 보건소에 모아달라고 부탁을 했다. 그리고 나서 팀을 구성해 진료를 나갔는데, 가서 보면 부모가 아니라 선생님이 아이를 데리고 오는 경우가 많았다. 처음엔 왜 그럴까 의아했다. 그러다 얼굴기형을 가진 아이의 부모들이 아이를 치료하는 데 적극적이지 않기 때문이라는 사실을 알게 되었다. 심지어 소문을 듣고 찾아가도 아이를 내보이지 않는 부모들도 있었다.

"얼굴 좀 이상하다고 병도 아닌데 무슨 수술? 그럴 필요 없으니 그냥 가세요."

"내 자식 내가 알아서 키울 테니 상관 말아요."

36

"얼굴 좀 이상하다고 병도 아닌데 무슨 수술? 그럴 필요 없으니 그냥 가세요." "내 자식 내가 알아서 키울 테니 상관 말아요." 무료로 진료를 해주겠다는데도 이런 반응을 보이니 답답한 노릇이었다. 사정이 이러니 보다 못한 학교 선생님들이 부모를 대신해 아이들을 보건소 진료에 데리고 나오곤 했다.

무료로 진료를 해주겠다는데도 이런 반응을 보이니 답답한 노릇이었다. 사정이 이러니 보다 못한 학교 선생님들이 부모를 대신해 아이들을 보건소 진료에 데리고 나오곤 했다. 백롱민 교수는 백세민 박사에게 현지 사정을 보고했다.

"우리가 무료로 수술을 해주는 것도 중요하지만 일단 얼굴기형을 가진 아이들 부모들에게 얼굴기형도 운이 나빠서 걸리는 질병과 다를 것이 없고, 치료를 받으면 정상인처럼 살아갈 수 있다는 것을 알릴 필요가 있겠어요."

"그래, 방법을 찾아보자."

어떻게 하면 깊숙이 숨어버린 얼굴기형 환자를 찾아내어 진료를 할 수 있을까 고민하던 백세민 박사와 백롱민 교수는 우선 얼굴기형에 대한 부모들의 의식 변화가 필요하다는 생각에 동의했다. 그리고 그때부터 방송이나 신문 등 언론을 통해 세민얼굴기형돕기회가 하는 일은 물론이고 얼굴기형이란 무엇인지를 일반인들에게 알리는 일에 지속적인 관심을 기울여왔다. 특히 의학의 발달로 대부분의 얼굴기형 환자들이 적절한 치료를 받으면 정상인과 다름없이 사회생활을 할 수 있다는 사실을 알리는 데 초점을 맞췄다. 강연이나 전시회, 음악회 등의 후원 행사를 통해서도 많은 홍보활동을 했다. 그들의 바람은 이러한 노력으로 경제적 이유뿐만 아니라 단순한 무지로 수술의 기회를 놓쳐 평생을 소외된 채 살아가는 사람이 한 명이라도 줄어들었으면 하는 것이었다.

기상 악화에도
일정은 예정대로!

한 번은 경남 진주로 가기로 한 날 갑자기 폭우가 쏟아지기 시작했다. 마치 하늘에 구멍이라도 난 듯 엄청난 비가 앞길을 가로막았다. 예정된 항공 스케줄은 기상 악화로 모두 취소된 상태였다. 그렇다고 다음날까지 기다렸다가 가기엔 현지 일정이 너무 빠듯할 것 같았다. 백롱민 교수는 할 수 없이 운전대를 잡았다. 빗길이라 걱정이 좀 되긴 했지만 기다리고 있을 환자들을 생각하니 그대로 앉아 있을 수가 없었다. 가까스로 고속도로를 탔는데 역시 도로 사정은 좋지 않았다. 빗길에 미끄러져 뒷차에 추돌까지 당했지만 사고를 수습할 겨를도 없이 내처 달렸다. 우여곡절 끝에 약속한 시간에 맞춰 진주에 도착할 수 있었다. 그날 그는 하루종일 시간이 어떻게 가는지도 모르게 환자들을 진료했다.

백롱민 교수가 한창 전국 순회 진료를 다닐 때만 해도 혈기왕성한 시기라서 그랬는지 전혀 힘든 줄 모르고 종횡무진 전국을 누볐다. 덕분에 그는 지금도 전국의 유명 관광지는 잘 몰라도 보건소는 어디에 있는지 다 알 정도다. 그때는 정말 그 일이 즐겁고 신이 났다. 병원에서 직접 환자들을 치료하고 수술하는 것도 보람 있었지만, 그늘진 곳에서 세상 밖으로 나오지 못하고 도움의 손길을 기다리고 있는 사람들을 찾아서 희망의 빛을 전할 수 있다는 것은 무한한 감동이었다.

그런데 2000년대에 접어들면서 전국 순회 진료를 더 이상 진행할 수 없게 되었다. 지방의 보건소들이 하는 일이 많아지면서 협조를 구하는 일이 쉽지 않아졌기 때문이다. 다행인 것은 교통 여건도 좋아지고, 지방에도 좋은 시설과 실력을 갖춘 대형 병원들이 많이 생겨서 더 이상 전국을 돌며 진료를 하지 않아도 될 만큼 전국적인 인프라가 조성되었다는 사실이었다. 최근에는 무료수술을 받기 원하는 환자들의 신청을 인터넷이나 전화로 받고, 심사를 거쳐 가까운 지방 병원에서 진료를 받을 수 있도록 수술비 일부를 지원하거나 분당 서울대병원에서 직접 무료수술을 해주고 있다.

전국 순회 진료 사업을 종료한 세민얼굴기형돕기회는 1990년대 중반부터 시작한 베트남 얼굴기형 어린이 무료수술 사업 등 해외 사업에 좀 더 역량을 집중할 수 있게 되었다. 국내의 얼굴기형 환자들을 찾아다니며 진료를 하던 시절의 열정과 경험은 베트남 의료봉사에서 활짝 꽃을 피우고 있다.

나눔의 날개를 달고

　세민얼굴기형돕기회가 정식 재단으로 출범하게 된 것은 1990년대 중반에 베트남 의료봉사를 준비하면서부터였다. 백세민 박사는 국내에서 얼굴기형 환자들에 대한 무료수술로 수많은 아이들에게 희망의 미소를 선사했던 경험을 바탕으로, 이제는 우리보다 더 어려운 처지에 있는 나라의 어린 아이들을 위해 일을 할 때가 되었다고 생각했다.

　백세민 박사는 당시 주한 베트남 대사였던 응웬 푸 빈(Nguyen Phu Binh) 대사로부터 베트남에 제때 수술을 받지 못해 고통 받는 구순구개열 환자(소위 언청이)들이 많다는 이야기를 전해 들었다. 그리고 그들을 위한 무료수술을 계획하게 되었다. 우선 자금 문제가 해결되어야 했다. 그동안 백 박사 개인의 사비를 털고, 주변 지인들이 조금씩 돈을 모았던 수준으로는 도저히 감당할 수 없게 된 것이다.

SK의 사회공헌 활동, 베트남 의료봉사 사업과 만나다

사실 백 박사는 '내가 가진 것은 성형외과 수술 능력뿐이다. 하늘이 주신 이 재능을 사람들을 위해 베풀면서 살겠다'는 생각 하나로 무료수술 사업을 시작했지만 재정적으로는 어려움이 많았다. 그런데 워낙 대쪽같은 성격에 외골수라 남에게 아쉬운 소리를 잘 못했다. 그래서 사람들에게 돈을 기부하라고 하느니 힘들더라도 속 편하게 자신의 사비를 터는 쪽을 선택했다. 하지만 보다 많은 얼굴기형 환자들을 돕기 위해서는 그만큼 많은 사람들의 후원과 지지가 필요했다.

백세민 박사는 기업 후원을 받기로 결심했다. 그러나 그것도 생각처럼 쉬운 일은 아니었다. 당시 여러 기업들의 후원을 추진해보려고 했으나 결국엔 자존심 때문에 성사시키지 못했다. 그러던 중 그는 고향 친구인 손길승 현 SK텔레콤 명예회장에게 베트남 의료봉사에 대한 생각을 이야기하게 되었다. 백세민 박사와 손길승 명예회장은 지인의 소개로 알게 되었는데 동향인 것을 알고 더욱 친해지게 되었다. 두 사람은 활동 분야는 다르지만 서로를 마음으로부터 존경하고 의지하는 좋은 친구 사이였다. 그래서 그에게 만큼은 허심탄회하게 속마음을 털어놓을 수 있었다. 다행히 손길승 명예회장은 베트남 얼굴기형 어린이 무료수술 사업 취지에 공감하고 회사 차원의 협조를 약속했다.

"의사들이 나서서 이런 좋은 일을 하는데 기업들도 무언가를 해야 하지 않겠나?"

"그렇게 말해주니 고맙네. 분명 우리 모두에게 의미 있고 보람된 일이 될 걸세."

당시 손길승 명예회장은 SK텔레콤의 부회장직을 맡고 있었다. 그는 최종현 회장과 함께 SK그룹의 성장을 주도한 전문경영인으로서 기업의 사회적 공헌이라는 큰 그림 안에 베트남 의료봉사 사업이 자리 잡을 수 있도록 길을 터준 안내자 역할을 했다. 사실 기업은 기본적으로 이윤을 추구하는 집단이기 때문에 경영자의 마인드가 사회공헌의 방향성에 미치는 영향이 크다고 할 수 있다. 다행히 SK는 백세민 박사가 추구하는 바를 잘 이해하고 뒷받침해주었다.

SK는 일찍이 베트남의 가능성을 보고 있었다. 베트남은 과거의 전쟁으로 아픈 상처를 가지고 있지만 그 상처를 극복하고 개방을 통해 점차 발전하고 있는 나라였다. SK 경영진은 앞으로 전 세계적으로 아시아가 차지하는 비중이 점차 커지는 중요한 시점에 한국과 베트남 두 나라가 아시아 발전을 위한 협력 관계를 갖게 되기를 바랐다. 그러려면 한국과 베트남 사이에 교류가 확대되어야 하는데, 기업이 진출하여 직접 사업을 펼치는 것도 중요하지만 우선은 민간 차원에서 서로 돕고 협력할 수 있는 사업 모델이 필요했다. 백세민 박사가 제안한 베트남 얼굴기형 환자들을 위한 무료수술 사업이 바로 그런 모델이었다.

본격적인 기업 후원이 시작되자 비로소 재단 설립의 필요성이 제기되었다.

"박사님, 이참에 얼굴기형 환자들을 돕기 위한 재단을 만들면 어떨까요?"

백세민 박사의 주변에는 얼굴기형 환자들을 돕는 좋은 일에 뜻을 함께하고자 하는 사람들이 많았다. 대표적인 사람이 신정섭 당시 한국일보 기자와 치과의사인 윤인탁 선생이었다. 두 사람 다 백세민 박사와는 개인적인 친분이 있던 사람들로 백세민 박사를 도울 수 있는 방법이 없을까 고민했다. 그러다 재단 설립을 제안하게 된 것이다.

"힘든 일 하시는데, 제가 백 선생님을 도울 방법이 이것밖에 없네요."

"무슨 소리인가. 자네가 이렇게 나서주니 정말 든든하군."

백세민 박사는 그들의 도움을 기꺼이 받아들이기로 했다. 이후 재단 설립과 관련한 행정적인 부분들은 신정섭 씨가 누구보다 적극적으로 나서서 처리해주었다. 현 한국이동방송 대표인 신정섭 씨는 당시 의학담당기자 1세대로 의료관련 기사를 취재하던 중 백세민 박사와 인연을 맺었다. 신문사와 병원이 가깝다보니 자주 만나 점심식사도 같이 하고 사적으로도 형님, 동생 할 정도로 친분을 쌓았다. 그는 재단 설립 전에도

▶ 세민얼굴기형돕기회의 정식 출범은 얼굴기형 환자들에게 미소를 전하는 의료봉사자들이 바다 건너 베트남까지 날아가 더 많은 좋은 일을 할 수 있도록 크고 튼튼한 날개를 달아주었다.

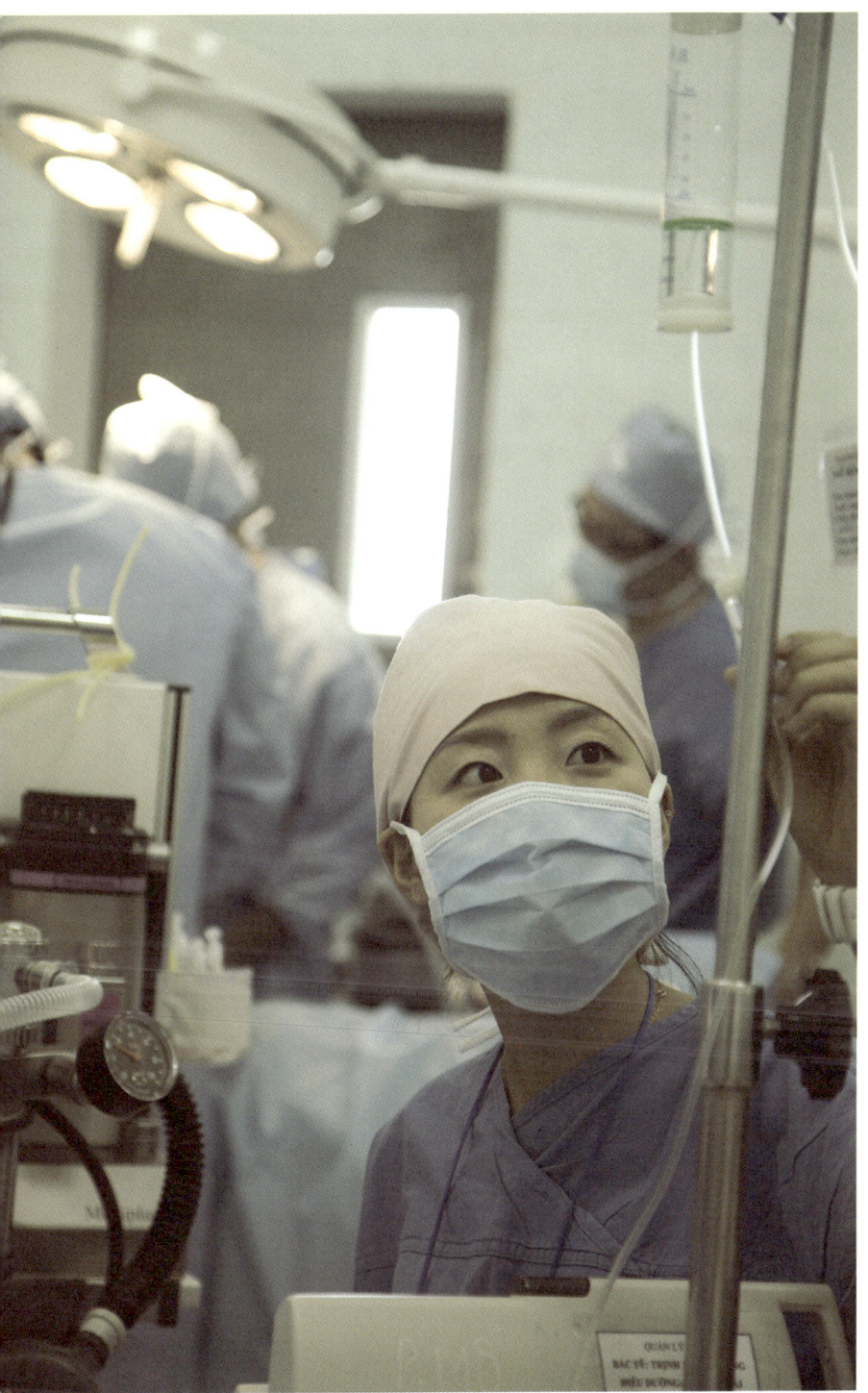

일반인들이 성형수술에 대한 편견과 오해를 풀고 얼굴기형 수술에 대한 인식을 넓힐 수 있도록 언론사 인맥을 동원해 백세민 박사의 활동을 소개하는 등 많은 도움을 주었다.

재단설립에 발벗고 나서준 기자와 치과의사

그런데 막상 재단을 설립하려고 하니 말처럼 간단한 것이 아니어서 여러 가지 처리할 문제가 많았다. 첫 번째 문제는 재단의 이름을 짓는 것이었다. 재단 설립에 도움을 주기 위해 모인 사람들은 논의 끝에 '세민얼굴기형돕기회'라는 이름을 지었다. 얼굴기형 수술의 권위자인 백세민 박사가 우리나라 성형외과에 미친 영향과 그의 의료봉사에 대한 의지를 상징적으로 넣어야 한다는 의견에서 비롯된 것이었다. 그런데 등록을 하려니까 당사자인 백세민 박사가 펄쩍 뛰며 반대를 했다.

"누구 맘대로 내 이름을 막 갖다 써? 내 이름은 빼고 다시 짓게."

백세민 박사는 자신의 이름을 알릴 생각으로 얼굴기형 환자 무료수술 사업을 해온 것이 아니라며 공식적인 재단 이름에 본인의 이름이 들어가는 것을 부담스러워했다. 하지만 주변 사람들의 고집도 만만치 않았다.

"박사님이 양보하세요. 이번엔 그냥 저희 뜻대로 하겠습니다."

결국 여러 사람들의 의견대로 사단법인 '세민얼굴기형돕기회'는 출범 첫 해인 1996년부터 기부금이 100% 손비처리되는 공익성 기부금 대상 단체로 등록되었다. 신정섭 기자와 윤인탁 선생이 초대 감사로, 김동건 아나운서, 영화배우 김지미 씨, 이현도 삼성전기 회장 등이 초기 이사로 참여했다. 이렇게 비영리 의료법인으로 정식 출범하게 된 세민얼굴기형돕기회는 매년 SK텔레콤, 인제대 백병원의 후원으로 베트남 의료봉사단을 꾸려 그곳의 얼굴기형 어린이들에게 새 희망과 꿈을 전달해왔다. 또한 2005년부터는 분당 서울대병원이 후원에 합류했다.

세민얼굴기형돕기회의 정식 출범은 얼굴기형 환자들에게 미소를 전하는 의료봉사자들이 바다 건너 베트남까지 날아가 더 많은 좋은 일을 할 수 있도록 크고 튼튼한 날개를 달아주었다. 그리고 15년이 넘은 지금까지 의료진들이 직접 몸으로 실천하는 봉사활동과 후원자들의 따뜻한 나눔 정신이 양 날개가 되어 백세민, 백롱민 형제가 시작한 얼굴기형 환자 무료수술 사업의 순항에 힘을 보태고 있다.

가자, 베트남으로!

"우리도 이제 해외 의료봉사 쪽으로 눈을 돌릴 때가 된 것 같습니다."

"글쎄요. 아직 시기상조 아닐까요? 국내에도 우리의 도움을 기다리는 사람들이 많잖아요."

"그건 너무 편협한 시각입니다. 우리가 지금까지 다른 나라의 도움을 받았던 것을 생각해보세요. 이제는 우리가 나설 때입니다."

세민얼굴기형돕기회가 처음 베트남 의료봉사를 계획할 때 주변에서 이런 논의가 심심찮게 벌어졌다. 그러나 결국 언제까지 우물 안 개구리처럼 갇혀 지낼 수는 없다는 생각에 모두가 공감했고, 계획을 실천하기 위한 사전 준비에 돌입했다.

때는 1990년대 중반. 베트남 의료봉사에 대한 생각을 제일 먼저 제안한 사람 역시 백세민 박사였다. 당시 전국 순회 진료를 통해 수많은 국내 얼굴기형 어린이들에게 무료수술의 기회를 주었던 백세민 박사는 우연히 베트남에 있는 '라이따이한' 에 관한 이야기를 접하게 되었다. 라이따이한이란 우리나라가 1960년대에 베트남 전쟁에 참전했을 당시 한국 병사들과 현지 여성들 사이에서 태어난 2세들을 말하는 것으로, 그들은 한국인 아버지의 외면과 현지인들의 차별로 경제적으로는 물론 정신적으로도 많은 고통을 안고 살아가고 있었다.

'라이 따이한'에게 도움이 될 수 있다면...

감춰져 있던 이러한 이야기가 수면으로 떠오른 것은 1992년에 한국과 베트남 사이에 수교가 이루어지고 양국 간 교류가 점차 활발해지면서부터였다. 우리나라에는 분명 부끄러운 과거임에 틀림없었다. 그러나 이와 관련한 공식적인 사과나 보상은 이루어지지 않았다. 이에 백세민 박사는 민간 차원에서라도 뭔가 그들에게 도움이 될 만한 일을 할 수 있으면 좋겠다고 생각했다. 물론 성형외과 의사로서 그가 할 수 있는 것은 국내에서 하던 것처럼 구순구개열 같은 선천적 얼굴기형 어린이들에게 무료수술을 해주는 일이었다.

백세민 박사가 이 일을 성사시키기 위해 제일 먼저 접촉한 사람은 당시 응웬 푸 빈 초대 주한 베트남 대사였다. 응웬 푸 빈 대사는 매우 활동적인 인물로, 우리나라와 베트남의 활발한 교류를 위해 많은 일을 했다. 우리나라와 베트남은 1990년대 이전만 하더라도 교류가 거의 없었다. 우리나라가 베트남전에 참전한 것을 계기로 수교가 단절되었기 때문이다. 베트남은 비동맹회 소속으로 국제무대에서 우리나라와 각을 세우고 있었다. 그랬던 베트남이 1986년부터 시작된 '도이 모이(Doi Moi : '쇄신'이라는 뜻)' 운동을 통해 개방정책을 펼치기 시작했고, 우리나라와도 다시 수교를 맺게 되었다. 그러나 아직 과거의 앙금이 모두 가신 것은 아니었다. 수교 이후 국내의 많은 기업들이 베트남에 진출하기 위해 노력했지만 단순히 돈만 가지고는 해결되지 않는 부분이 분명 있었다.

그런 대내외적인 사정 때문에 백세민 박사도 이야기를 꺼내기가 무척 조심스러웠다. 다행히 응웬 푸 빈 대사의 반응은 호의적이었다.

"베트남에는 얼굴기형을 가지고 태어났어도 제때 수술을 받지 못하는 어린 아이들이 많습니다. 만약 한국의 세민얼굴기형돕기회가 베트남에 가서 무료수술 사업을 해준다면 여러 가지 행정적인 지원을 아끼지 않겠습니다."

당시 베트남의 의료수준은 우리나라에 비해 많이 떨어져 있었다. 특히 성형외과 부분에 있어서는 더욱 그랬다. 또한 경제적으로 어려워서 간단한 구순구개열 수술도 제때 받지 못하는 경우가 많았다. 응웬 푸 빈 대사는 그들에게 의료적 혜택을 주는 일이라면 적극 도와주겠다고 했다. 그러면서 소개해준 사람이 바로 베트남 108국군중앙병원의 판(Phan) 장군이었다. 108국군중앙병원은 우리나라의 국군수도통합병원에 해당되는 곳으로, 현역 준장인 닥터 판은 베트남 인민의사의 칭호를 가지고 군의관 중 최고위급의 지위를 가진 분이었다. 게다가 베트남 성형외과학회 회장을 맡고 있는 성형외과 의사로서 세민얼굴기형돕기회가 하려는 사업의 취지와 진행 과정을 누구보다 잘 이해했다. 그는 이 사업에 가장 적합한 파트너였다.

열두 명의 한국 의료진, 새로운 역사를 쓰다!

백세민 박사의 뜻에 따라 백롱민 교수가 베트남 의료봉사를 위한 사전 준비를 맡아서 하게 되었다. 그는 닥터 판 측과 구체적인 세부 사항을 조율하기 위해 수십 통의 편지와 팩스를 교환했다. 베트남이라는 나라에 가본 적이 없다 보니 이것저것 궁금한 것이 많았다. 수돗물은 나오는지, 전기는 몇 볼트를 사용하는지, 마취기는 있는지, 가지고 있다면 어떤 기종을 가지고 있는지, 만약 없다면 수술 환자에게 산소는 어떻게 공급하는지 등등 하나부터 열까지 세세하게 질문을 적어 보냈다. 베트남 108 국군중앙병원에서는 닥터 판의 직속 부하인 닥터 안(An)이 실무를 맡고 있었다. 그는 백롱민 교수의 질문에 일일이 답변을 적어 보내왔다. 당시만 하더라도 지금처럼 이메일이 보편화되지 않았고 국제전화도 한 번에 연결이 안 되었다. 그래서 가장 빠르게 의사소통하는 방법은 영어로 편지를 써서 팩스로 주고받는 것이었다. 그런데 한번 팩스를 보내면 곧바

1996년 5월, 오랜 논의와 준비 끝에 드디어 베트남으로 출발할 수 있었다. 백세민 박사를 단장으로 한 열두 명의
한국 의료진들이 그렇게 처음으로 베트남 땅을 밟았다. 15년 역사의 첫 단추가 끼워지는 순간이었다.

로 답이 오는 게 아니라 최소 1주일 정도 기다려야 했다. 그 바람에 사전 준비를 위해 서로 연락을 주고받는 데만도 무려 6개월이 걸렸다.

그렇게 서신으로 의견을 교환한 결과 1주일에서 열흘 정도의 일정으로 150~200명의 얼굴기형 환자를 수술한다는 1차적인 목표가 정해졌다. 이를 바탕으로 하여 의료봉사에 참여할 인원을 구성하고 필요한 물품을 준비했다. SK텔레콤의 후원으로 250명분의 입원비와 병원시설에 기증할 수술기구와 용품을 마련했다.

떠나기 전, 물품을 모두 구입해서 포장한 후 국제운송으로 베트남에 먼저 보냈다. 지금이야 의약품이나 소모품 등은 현지에서 구입해서 쓰고 있지만 당시만 하더라도 작은 것 하나까지도 모두 다 챙겨가야 해서 짐을 싸고 부치는 일에도 손이 많이 갔다. 그런데 한국에서 보내는 물품 중 상당 부분을 차지하는 수액, 링거 주사액 같은 소모품은 값은 얼마 안 나가도 무게가 상당해 일반 수하물에 10배 정도 비싼 운송료를 지불해야 했다. 그렇게 한바탕 난리를 치고 나니 베트남으로 간다는 사실이 점점 실감나기 시작했다. 특히 모든 준비과정을 처음부터 끝까지 지휘했던 백세민 박사와 백롱민 교수의 감회는 남달랐다.

1996년 5월, 오랜 논의와 준비 끝에 드디어 베트남으로 출발할 수 있었다. 백세민 박사를 단장으로 한 열두 명의 한국 의료진들이 그렇게 처음으로 베트남 땅을 밟았다. 15년 역사의 첫 단추가 끼워지는 순간이었다.

그들과의 약속을
지킬 수 있게 되다

　세민얼굴기형돕기회가 1996년 첫 번째 베트남 의료봉사를 성공리에 마치고 다시 일상으로 돌아와 바쁜 병원생활을 하던 중 청천벽력 같은 소식이 전해졌다.

　"과장님이 쓰러지셨어요!"

　"과장님이 쓰러지다니, 그게 무슨 소리야?"

　뇌졸중으로 백세민 박사가 쓰러진 것이었다. 다들 믿을 수 없는 소식에 어안이 벙벙했다. 평소 과로와 스트레스에 시달리던 터라 다들 그의 건강을 걱정했지만, 이렇게 갑자기 일을 당하게 될 줄은 아무도 예상하지 못했다. 그것은 당사자와 가족들은 물론이고 병원, 그리고 우리나라 성형외과계를 큰 충격 속에 빠뜨린 엄청난 사건이었다. 갑작스런 건강 악화로 백세민 박사는 더 이상 병원 일을 할 수 없게 되었다. 당장 생명이 위급한 상황은 모면했지만 일부 운동 장애는 피할 수 없었다. 결국 그는 은퇴를 하게 되었다.

백세민 박사가 갑자기 쓰러졌을 때 동생인 백롱민 교수가 받은 충격은 이루 말할 수 없이 컸다. 그러나 슬픔에 잠겨 있을 틈이 없었다. 당장 과장을 잃은 병원 식구들과 합심해 패닉 상태에 빠진 성형외과부터 정상적으로 운영하는 일이 급선무였기 때문이다. 그런데 병원 일이 어느 정도 수습되고 나서 정신을 차리고 보니 그의 앞에 또 다른 과제가 놓여 있었다. 백세민 박사가 시작한 세민얼굴기형돕기회 사업을 운영해나가는 문제였다.

"그렇다면 우리도 끝까지 후원하겠습니다!"

국내에서 전국 순회 진료를 할 때도 그랬지만 베트남에 의료봉사를 떠날 때도 그는 그저 형님이 하는 일을 도와 그대로 따라가기만 하면 되는 입장이었다. 그런데 형님이 갑자기 은퇴를 하게 되니 당장 그 일을 맡아서 책임지고 이끌 사람은 동생인 그밖에 없었다. 그는 과연 자신이 사업을 잘 이끌어 나갈 수 있을까 스스로 의구심이 들기도 했다. 백세민 박사는 아무런 말이 없었다. 다만 언제나처럼 '이 사업을 계속할지 말지는 너 자신이 결정할 일'이라고 할 뿐이었다. 그랬다. 결국 그것은 백롱민 교수 자신의 의지에 달린 문제였다. 그는 스스로에게 질문

많은 사람들의 우려와 기대 속에 백롱민 교수는 세민얼굴기형돕기회의 전열을 가다듬었다. 그리고 이듬해 다시 베트남 땅을 밟았다. 베트남에서 얼굴기형으로 고통 받는 아이들에게 미소를 되찾아주겠다는 약속을 꼭 지키고 싶었다. 그곳에 도착해 기대에 가득 찬 눈망울로 미소의 시간을 기다리고 있는 어린 환자와 그 부모들을 보면서 그는 가슴이 뛰었다. 다시 오길 잘했다는 생각이 들었다.

을 던졌다.

'나는 과연 이 사업을 계속하고 싶은 마음이 있는 것일까?'

대답은 예스였다. 그것도 그냥 하고 싶은 것이 아니라 너무나 절실히 원하고 있었다. 베트남을 방문했던 첫 해, 열두 명에 불과한 한국의 의료진은 그 덥고 열악한 의료 환경 속에서 200명에 가까운 베트남 얼굴기형 환자를 수술했다. 어찌 보면 기적에 가까운 일이었다. 그는 그 기적을 다시 보고 싶었다.

백롱민 교수는 우선 손길승 명예회장을 찾아갔다. 백세민 박사가 없는 세민얼굴기형돕기회에 과연 SK텔레콤이 계속 후원을 해줄지 확인이 필요했다. 손길승 명예회장은 오히려 백롱민 교수에게 질문을 했다.

"백 교수는 형님의 뜻을 이어서 계속 이 사업을 할 생각입니까?"

"물론입니다. 당연히 그렇게 해야죠."

"그렇다면 우리도 끝까지 후원하겠습니다. 염려하지 말고 사업을 추진하도록 하세요."

"정말이십니까? 감사합니다. 지금 회장님 말씀이 제게 얼마나 큰 힘이 되는지 모르실 겁니다."

"그동안 백 교수가 형님 밑에서 중요한 실무를 도맡아 해온 것을 잘 알고 있습니다. 비록 형님이 지금 병상에 누워 있지만, 백 교수가 그 뜻을 잘 이어나가리라 믿습니다."

그 순간 그는 깨달았다. 얼마나 많은 사람들이 베트남 의료봉사 사업에 대해 확신과 기대를 가지고 있는지를 말이다. 베트남 측에서도 다음과 같은 연락이 왔다.

"백세민 박사가 함께 오실 수 없는 것은 유감이지만 백롱민 교수가 의료봉사팀을 이끌고 다시 방문해주기를 기다리고 있겠습니다."

미소지을 수 있는 어린이를 위해서라면...

많은 사람들의 우려와 기대 속에 백롱민 교수는 세민얼굴기형돕기회의 전열을 가다듬었다. 그리고 이듬해 다시 베트남 땅을 밟았다. 베트남에서 얼굴기형으로 고통 받는 아이들에게 미소를 되찾아주겠다는 약속을 꼭 지키고 싶었다. 그곳에 도착해 기대에 가득 찬 눈망울로 미소의 시간을 기다리고 있는 어린 환자와 그 부모들을 보면서 그는 가슴이 뛰었다. 다시 오길 잘했다는 생각이 들었다.

한 해 한 해 횟수가 더해질수록 감동도 그만큼 커졌다. 그들이 했던 약속의 의미도 더욱 견고해지는 느낌이었다. 세월이 흐르면서 세민얼굴기형돕기회는 외형적인 부피도 커졌고, 사업에도 여러 가지 변화가 생겼다. 그러나 그 안에서 실천하고 있는 봉사활동의 의미와 내용은 백세민 박사가 처음 시작할 때와 전혀 달라진 것이 없다.

백세민 박사는 은퇴 후 오랫동안 병석에 있다. 후유증으로 몸을 움직이는 것이 완전하지는 못하지만 꾸준히 재활 치료를 받으며 꿋꿋하게 버텨 나가고 있다. 그의 동생과 제자들이 세민얼굴기형돕기회 설립의 뜻을 이어 얼굴기형 어린이들에게 새 삶의 희망을 전하는 모습을 지켜보면서 말이다. 그는 그런 그들이 자랑스럽다.

매년 찾아가는 베트남 곳곳의 마을은 아직 남루하다.
제대로 된 의료혜택을 받지 못한 수많은 얼굴기형 환자들이
희망을 갖고 병원 복도에 줄지어 앉아
한국 의료진의 손길을 기다리고 있다.

베트남에
전해진
2,907명의
미소

희망의 미소를
찾아서

2010년 7월, 분당 서울대병원의 백롱민 교수를 단장으로 한 세민얼굴기형돕기회(Smile For Children) 의료봉사단이 베트남으로 향하는 비행기에 몸을 실었다. 다섯 시간을 날아가 도착한 하노이. 공항에 내리자 베트남 특유의 더운 공기가 백롱민 교수 일행을 맞았다. 벌써 열여섯 번째 방문이지만 이들에게 베트남의 더위는 여전히 놀랍다.

"보통은 5월에 1주일 정도의 일정으로 다녀오는데, 올해는 현지 사정으로 일정이 두 달 정도 늦춰졌어요. 그래서 한국을 떠나오면서 여름 날씨에 몸이 어느 정도 적응한 상태라 좀 나을 줄 알았는데, 역시 베트남의 더위는 한국의 더위와는 차원이 다른 것 같아요."

말은 그렇게 해도 일행들의 얼굴에서는 더위에 아랑곳하지 않는 뜨거운 열정이 느껴진다. 이곳에서 보낼 치열한 1주일을 생각하니 없던 기운도 불끈 솟아나는 모양이다.

베트남에서의
기쁨과 감동의 시간들

　이번 베트남 의료봉사에 참여한 인원은 의료진과 자원봉사자들을 포함해 총 37명. 처음 백세민 박사가 자원봉사자 한 명 없이 인제대 성형외과 의료진들과 함께 베트남 땅을 밟았을 때 함께한 인원이 열 명 남짓이었던 것과 비교하면 거의 네 배 수준으로 늘었다. 인원 구성도 성형외과 전문의들과 전공의들, 마취과를 비롯한 수술실 스태프들, 그리고 자원봉사자들까지 다양하다. 특히 이번엔 방학을 맞은 의대 본과 학생들까지 참여해 인원 구성이 더욱 풍성해졌다.

　매년 이렇게 참가 인원이 늘고 있는 것은 세민얼굴기형돕기회의 베트남 의료봉사가 갖는 의미와 취지에 공감하는 사람들이 점점 많아지고 있음을 뜻하는 것이기도 하다. 초창기 때만 하더라도 의료봉사 활동에 대한 사람들의 인식이 많이 부족했다. 그래서 봉사단에 지원하는 마취과나 수술실 스태프들의 수가 적어 인원 구성에 어려움을 겪기도 했다. 그래도 의사들만 갈 수는 없으니 어떻게든 수술실에 사정을 해서 인원을 차출해갔다. 그들 중 몇 명은 무조건 가야 한다니까, 가서 무엇을 왜 어떻게 할 것인지 깊이 생각해보지도 못하고 무작정 따라 나선 경우도 있었다.

　그런데 해가 거듭되며 베트남에 다녀온 경험자가 늘어날수록 상황이 달라졌다. 현지에서 마주한 열악한 의료 환경과 수술을 받기 위해 먼 길도 마다하지 않고 달려온 가난한 어린 환자들을 만나고, 그들에게 새 얼굴을 선사한 후의 기쁨을 직접 경험한 뒤로는 다들 한 목소리로 왜 진작 이런 활동을 모르고 살았을까 후회된다고들 했다. 덕분에 홍보가 저절로 되어서, 이제는 봄에 봉사단 모집 공고가 나가면 서로 가고 싶다고 나서는 바람에 경쟁이 치열해졌다.

참여 인원이 늘어나면 그만큼 더 많은 베트남 얼굴기형 환자들에게 희망의 미소를 선사할 수 있기 때문에 고마운 일이다. 그런데 백롱민 교수는 또 한편으로는 걱정이 늘었다고 말한다.

"벌써 수차례 의료봉사에 참여한 베테랑들이야 다들 알아서들 해주니까 상관이 없지만, 해외 의료봉사에 처음 참가하는 전공의들이나 특히 이번에 방학을 맞이해 처음으로 참가하게 된 본과 학생들의 경우에는 빡빡한 병원과 학교생활에서 벗어나 해외에 나왔다는 사실만으로도 들뜨기 쉽습니다. 물론 자원해서 봉사단에 합류한 사람들이기 때문에 그들의 자질을 믿습니다. 그래도 자칫 조금이라도 마음이 풀어질까 조심하고 또 조심하게 됩니다."

아무리 덥고 아무리 환경이 열악해도
더 많은 아이들이 마음껏 웃을 수 있다면
우리는 'one more case'를 외치며
기꺼이 땀방울을 흘립니다.

좋은 의사를 꿈꾸는
참 좋은 의사들

하지만 백롱민 교수는 그런 걱정이 괜한 노파심이라는 것을 베트남에 갈 때마다 매번 느낀다. 봉사활동 첫 날 베트남 현지의 병원을 들어설 때부터 봉사단원들의 눈빛이 달라진다. 냉방 시설도 없이 후끈한 열기가 가득한 병원 복도에서 자신의 달라질 모습을 기대하며 수술을 기다리고 있는 수많은 어린이들. 그리고 그 부모들의 간절함을 마주하는 순간, 의료봉사단에게는 투지 같은 것이 생겨난다. 얼굴기형 환자들이 그토록 원하는 희망과 기쁨의 미소를 한시라도 빨리, 한 사람이라도 더 많이 전해주어야겠다는 마음이다.

의료봉사단이 베트남에서 수술하는 환자는 입술 혹은 입천장이 갈라진 구순구개열 환자나 안검하수 등 선천적 얼굴기형 환자가 대부분이다. 그리고 합지증이나 다지증 같은 기타 기형 환자도 일부 수술을 한다. 오랜 기간 얼굴기형 환자를 전문적으로 치료해온 의사들에게 이러한 수술 자체는 비교적 간단한 편에 속한다. 하지만 한정된 기간 내에 많은 환자들을 한꺼번에 수술해야 하기 때문에 아침부터 저녁까지 꼬박 수술만 해야 하는 강행군이다. 그것도 덥고 열악한 환경에서 말이다.

다들 자기가 좋아서 하는 일이라지만, 바쁜 병원생활 중에 1주일이나 일부러 시간을 비워 먼 나라까지 와서 이런 강행군을 한다는 것이 쉬운 일은 아니다. 특히 개인병원을 개원한 원장들의 경우 장시간 병원을 비운다는 것이 어디 그리 만만히 볼 일이겠는가. 그런데도 10년 가까이 거의 매년 베트남으로 날아오는 몇몇 열성 멤버들이 있다. 백롱민 교수는 오랜 친구이자 동료인 그들에게 일일이 다 표현은 못하지만 항상 고마운 마음을 가지고 있다. 그들이 없었다면 베트남 의료봉사가 지금처럼 성공적으로 자리 잡지 못했을 것이다.

　세상에는 의사들도 많고, 좋은 사람도 많다. 그렇지만 과연 좋은 의사는 얼마나 될까? 백롱민 교수는 항상 이런 질문들 속에서 살아간다. 마음 같아서는 세상의 의사들은 다 좋은 의사라고 말하고 싶지만, 그렇지 못한 것이 사실이다. 그래도 세민얼굴기형돕기회와 함께 의료봉사에 참가하는 의사들은 최소한 좋은 의사가 되려고 노력하는 사람들이다. 그들과 함께한 베트남에서의 15년은 매순간이 기쁨과 감동의 시간이었다.

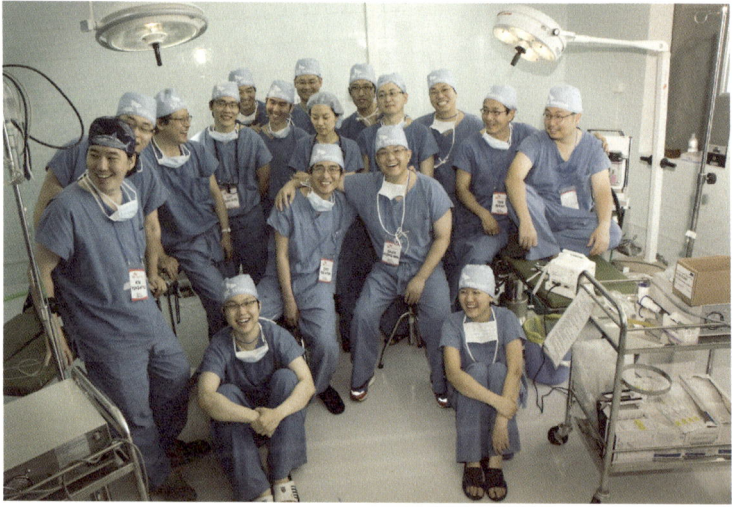

매년 의료봉사 참여 인원이 늘고 있다. 참여 인원이 늘어나면 그만큼 더 많은 베트남 얼굴기형 환자들에게 희망의 미소를 선사할 수 있기 때문에 고마운 일이다.

모두를 놀라게 한
의료봉사단의 활약

　1996년, 처음 베트남에 갈 때만 하더라도 한국에서 베트남으로 가는 직항로가 없어서 홍콩을 경유하여 가느라 지금보다 몇 시간이 더 걸렸다. 그렇게 처음으로 도착한 하노이 공항의 모습은 국제공항이라고는 하지만 드나드는 국제선도 별로 없고, 마치 우리나라 시골 기차역처럼 작고 소박했다. 공항에는 닥터 판과 닥터 안이 마중나와 있었다. 당시 대위 지위를 가지고 있던 닥터 안은 닥터 판에게 매우 촉망 받는 젊은 군의관이었는데, 베트남 쪽 실무를 맡아 백롱민 교수와 서신을 자주 주고받은 탓인지 처음 보는 사이인데도 낯설지 않고 친근하게 느껴졌다.

　의료봉사단은 정해진 숙소에 짐을 풀고 병원으로 갔다. 병원에 도착하자마자 가장 먼저 한 일은 병원장을 비롯한 현지 의료진 상견례였다. 서로 소개하고 감사의 인사를 주고받는 자리였는데, 매년 갈 때마다 빠지지 않고 꼭 하는 행사다.

초기엔 의료봉사단원 대부분이 사회주의 국가 방문은 처음이었던 탓에 그런 형식적인 자리가 낯설고 불편하게 느껴졌다. 하지만 정해진 절차에 따라 움직이는 것을 중요하게 여기는 그들의 특성을 이해하고, 그들이 진심에서 베푸는 환영행사라는 것을 마음으로 느끼고 난 다음부터는 경직되었던 태도를 풀고 즐길 수 있게 되었다. 무엇보다 한국과 베트남 의료진 사이에 우의를 다지는 시간이라는 점에서 이제 봉사단 입장에서도 꼭 필요한 자리가 되었다.

목표는 1주일에 200건의 수술!

본격적인 봉사활동은 병원에 어떤 환자들이 입원해 있는지 살펴보는 것으로 시작되었다. 1차적으로 베트남 의사들이 수술 대상자를 선별해서 입원을 시켜놨지만 한국 의료진이 다시 환자들의 상태를 보고 이번에 수술이 가능한지 혹은 불가능한지를 최종적으로 판단해야 했다. 그러고 나서는 한 달 전에 미리 보내놓은 짐들이 잘 도착해 있는지 확인하고 풀기 시작한다. 수술을 위해 꼭 필요한 물품만 챙겨 넣어도 워낙 양이 많다보니 처음 갔을 때는 짐 푸는 데만 하루가 꼬박 걸리기도 했다. 지금은 요령이 생겨서 두 시간이면 다 풀고 필요한 곳에 배치까지 완벽하게 다 할 수 있게 되었다.

짐을 다 푼 후에는 수술실을 만들기 시작한다. 보통 방 한 개에 수술대를 두 개씩 넣어 총 여섯 개 세트를 만든다. 좀 비좁기는 해도 그렇게 하면 효율적으로 동선을 줄이고 여섯 명을 동시에 수술할 수 있다. 어느새 뚝딱 무료수술을 위한 병원 하나가 차려진다. 그 모습은 마치 전쟁을 치르는 병사들의 야전병원 같다. 그리고 현장에 있는 백세민 박사의 모습은 야전병원을 진두지휘하는 사령관 같다.

의료봉사단의 수술은 입국한 날부터 돌아오는 날까지 계속된다. 보통 한 번 갈 때마다 200명 정도 수술하는 것을 목표로 잡기 때문에 7일 동안 수술을 하면 산술적으로 하루에 30명씩은 무조건 해야 한다. 한 수술대에서 평균적으로 다섯 건씩을 소화해야 한다는 얘기다. 보통 아침 8시에 시작해서 그날 정해진 수술을 모두 끝내면 저녁 7~8시쯤 된다. 운이 좋아서 빨리 끝나는 날은 5시면 마무리되었지만, 또 어떤 날은 밤 12시가 넘어서까지 계속 수술을 하기도 한다. 밤을 새더라도 그날의 수술 목표는 반드시 채우는 것이 원칙이었다.

"지금까지 당신들처럼 이렇게 하드하게 일하는 팀은 없었습니다."

한국 의료진이 스케줄에 따라 적적 수술을 해내는 모습을 본 베트남의 의료진들은 놀랍다는 반응이었다. 하지만 한국 의료진에게는 너무나 당연한 일이었다. 그들은 이미 그런 시스템에 익숙해져 있었던 것이다. 당시 백병원 성형외과팀은 한국에서도 유명했다. 밤샘 수술은 보통이고, 하루에 20시간씩 근무하는 것이 기본이었다. 다른 곳에서는 상상할 수

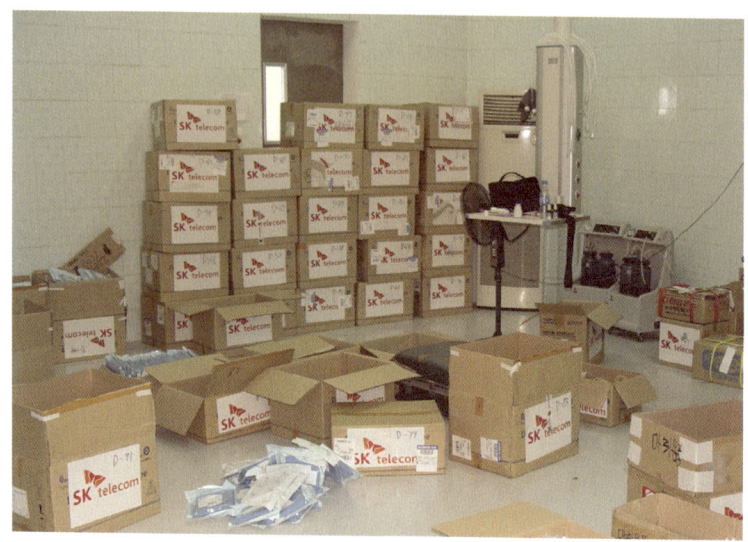

의료봉사 한 달 전에 미리 보내놓은 짐들이 잘 도착해 있는지 확인하고 풀기 시작한다. 수술을 위해 꼭 필요한 물품만 챙겨 넣어도 워낙 양이 많다보니 처음 갔을 때는 짐 푸는 데만 하루가 꼬박 걸렸다. 지금은 요령이 생겨서 두 시간이면 다 풀고 필요한 곳에 배치까지 완벽하게 다 할 수 있게 되었다.

없을 만큼 많은 수술을 하고 있었다. 전공의들은 물론이고 젊은 주니어 스태프들까지도 하루에 한 끼씩 먹으며, 잠도 2~3시간씩 대충 자고 일하던 때였다.

"그래도 여기에선 밥도 세 끼 다 먹고 잠도 자면서 일하잖아. 안 그래?"

"맞아. 한국에서는 꿈도 못 꿨지."

오히려 먹을 것 다 먹고 잘 것 다 자면서 수술에만 집중하니까 의료시설이 열악한 환경임에도 불구하고 수술의 퀄리티 만큼은 한국에서 하던 것에 결코 뒤지지 않았다. 게다가 백세민 박사 밑에서 하던 수술은 기형의 정도가 심한 중증인 경우가 많았기 때문에 구순구개열은 아주 쉬운 수술에 속했다. 케이스마다 차이는 있지만 속된 말로 바늘과 실만 있으면 되는 그런 수술이 대부분이었다.

그런데 잘 모르는 사람들은 처음 백세민 박사가 1주일에 200건의 무료수술을 하겠다고 목표를 잡았을 때 맨땅에 헤딩하는 거 아니냐며 걱정을 했다.

"열흘 동안 100건만 해도 기적입니다."

"1주일에 200건? 그게 과연 가능할까요?"

그러나 한국의 의료봉사단이 그걸 해냈다. 백세민 박사가 있었기에 밀고 나갈 수 있었고, 또 그 밑에서 배운 제자들이기 때문에 실행이 가능한 일이었다.

"이렇게 훌륭하게 일을 해주실 줄은 상상도 못했습니다. 정말 놀랍습니다. 가능하면 내년에도 또 와주시겠습니까?"

한국 의료진의 활약에 깊은 인상을 받은 베트남 관계자들이 정식으로 요청했다. 한국 의료진은 그 요청을 기쁘게 받아들였다. 애초에 약속한 것을 지킬 수 있어서 기뻤고, 한국의 우수한 성형수술 실력을 마음껏 펼쳐 보일 수 있어서 자랑스러웠다. 베트남 쪽에서는 그동안 미국, 일본 등 선진국의 의료진들이 와서 수술하는 모습을 많이 지켜봤던 터라 '한국 의료진이 얼마나 잘하나 한번 두고 보자' 하는 마음이 있었다. 그런데 그 모든 의혹을 첫 해의 활동으로 완전히 날려버렸다. 덕분에 한국 의료진은 전투에서 승리한 군인처럼 당당하게 한국으로 돌아와 다음 활동을 준비할 수 있게 되었다.

가난하지만 따뜻한 나라
베트남

베트남 하노이에 도착했을 때 가장 인상적인 풍경은 교통수단이었다. 지금은 많이 줄어들었지만 1990년대만 하더라도 씨클로(자전거를 개조해서 만든 영업용 택시)의 모습을 흔하게 볼 수 있었다. 나중에는 그 숫자가 눈에 띄게 줄어들었는데, 국가에서 정책적으로 수요를 줄인 탓이었다. 대신 그 자리에 오토바이가 쌩쌩 내달리고 있다. 오토바이는 베트남 사람들이 즐겨 애용하는 교통수단이다. 베트남 사람들은 음식 때문인지 소식하는 습관 때문인지 비만인 사람을 찾아보기 힘들다. 날렵한 몸매의 사람들이 오토바이를 타고 거리를 내달리는 모습은 이국적인 정취를 자아낸다.

베트남은 역사적으로 수많은 외침 속에서도 굴복하지 않으며 민족의 정체성을 유지해온 나라다. 베트남에 진출한 한국 대사관이나 총영사관 관계자들은 "베트남은 향후 발전 잠재력이 매우 높은 나라"라고 입을 모아 말한다. 베트남 사람들은 토론문화가 발달한 문화민족이고, 공장에서도 제품 불량률이 거의 없을 만큼 개인적인 능력도 탁월하다. 사회주의의 도덕성과 자부심도 강한 나라다. 그러나 한편으로는 빈익빈 부익부 현상이 심각하고 개방 이후 시장경제의 급격한 활성화로 사유재산제도 등 사회주의 체제가 흔들리면서 혼란을 겪고 있었다.

바쁜 일정에 쫓겨 병원에 도착하자마자 수술실을 차리고 매일 아침부터 저녁까지 수술만 하는 강행군 속에서 의료봉사단이 베트남의 속사정을 속속들이 알기엔 한계가 있었다. 어쩌면 한국 의료진이 만난 베트남이라는 나라는 좁은 병원 복도에서 마주친 약간은 겁먹은 듯, 그러나 한없이 천진한 눈망울로 그들을 바라보던 아이들과 그 가족들, 그리고 베트남 의료진들에게서 받은 인상이 전부였는지도 모른다. 그런 그들에게 베트남이 어떤 나라인지 알려준 사람은 108국군중앙병원의 닥터 판이었다.

닥터 판을 통해 알게 된 베트남의 깊은 모습

봉사활동 첫 해, 수술을 하다가 잠깐씩 짬이 나면 닥터 판은 어김없이 백세민 박사와 백롱민 교수를 그의 방으로 불렀다. 병원에 냉방시설이 있긴 해도 제 기능을 발휘하지 못해 수술실은 찜통처럼 더웠다. 오죽하

오토바이는 베트남 사람들이 즐겨 애용하는 교통수단이다. 세민얼굴기형돕기회 의료봉사단이 처음 베트남 하노이에 도착했을 때 가장 인상적인 풍경은 교통수단이었다. 1990년대만 하더라도 씨클로(자전거를 개조해서 만든 영업용 택시)의 모습을 흔하게 볼 수 있었다. 국가에서 정책적으로 수요를 줄인 탓에 지금은 씨클로 대신 오토바이가 쌩쌩 내달리고 있다.

면 커다란 고무 통에 얼음을 담가놓고 그 앞에 선풍기를 돌려가며 수술을 했다. 그런데 닥터 판의 방은 완전히 별천지였다. 아마도 병원에서 가장 시원한 방이 그곳이었을 것이다. 닥터 판은 땀 좀 식히고 가라며 그들을 앉혀놓고는 베트남의 역사와 문화에 대한 이야기를 들려주곤 했다. 그는 원어민 수준의 완벽한 영어를 구사했는데, 역사나 철학에 대한 깊이가 정말 대단했다. 중국 고전에 대해서도 막힘 없이 술술 이야기를 풀어내곤 했다. 닥터 판은 모르는 게 없는 박학다식한 사람이었다. 그의 이야기를 듣는 것만으로도 베트남에 가고 싶은 충분한 이유가 될 정도로 즐거웠다.

그를 통해 알게 된 사실은 베트남 사람들이 우리나라 사람들과 정서적으로 비슷한 점이 많고, 특히 나라와 민족에 대한 자부심이 대단하다는 것이었다. 그들은 역사적으로 늘 주변 강대국들의 억압을 받아왔다. 고대로는 중국 한족의 억압을 받았고, 중세 이후로는 포르투갈, 프랑스 등의 침략을 받았다. 최근 100년 동안만 해도 프랑스, 일본, 미국, 중국, 캄보디아와 끊임없이 전쟁을 치렀다. 베트남은 비록 침략을 받았을지언정 한 번도 패하지 않았다. 삼국지에 나오는 '칠종칠금(七縱七擒)'의 고사에 등장하는 맹획(孟獲)은 남만족으로 베트남의 조상이다. 원래 칠종칠금은 일곱 번 잡았다가 일곱 번 놓아준다는 뜻으로 사람의 마음을 쥐락펴락 다스릴 줄 알았던 제갈량의 지혜를 이야기하는 고사인데, 닥터 판은 일곱 번을 잡혔어도 일곱 번을 도망쳐 나왔던 베트남 민족의 강인한 생명력을 칠종칠금의 고사에 빗대어 이야기했다. 듣고 보니 고개가 절로 끄덕여지는 얘기였다. 지난 100년간 여러 강대국들을 상대로 전쟁을 치르면서 핍박을 받았지만 결코 지지는 않았던 나라가 베트남이 아닌가. 확실히 근거가 있는 자부심이었다.

인상적이었던 것은 역사와 관련한 그들의 태도였다. 그들은 꽁해서 오랫동안 감정의 앙금을 가지고 있는 스타일이 아니었다. 오히려 넓은 마음으로 용서할 줄 알았다. 그것은 어쩌면 승자의 여유로움인지도 모르겠다. 닥터 판의 말에 따르면 "베트남 사람들은 용서는 하되, 잊지는 않는다"고 했다. 전쟁을 할 때는 적이지만 전쟁이 끝나고 돌아서면 다시 친구가 될 수도 있는 것이 베트남의 방식이었다. 오랜 기간 전쟁을 치르면서 터득한 지혜였다.

닥터 판의 이야기를 통해 베트남 사람들이 얼마나 현명한 사람들인지, 그리고 그가 손 내밀어 베풀어준 친절을 통해 베트남이 얼마나 따뜻한 나라인지 알 수 있었다. 세민얼굴기형돕기회의 후원자이자 대표적인 친월파 인사 중 한 명인 심여화랑 성은경 대표는 언젠가 베트남의 풍경에 대해서 이렇게 말한 적이 있다.

"1990년대 초 베트남의 미술 작품이 훌륭하다는 소문을 듣고 그림을 구하러 그곳에 갔을 때, 첫 인상은 남루하고 찌든 가난 그 자체였어요. 거리를 지나는데 그들이 살고 있는 집들이 눈에 들어오더군요. 침침한 형광등 빛 아래 온 가족이 옹기종기 모여 앉아 있는 한 팔 너비의 좁고 긴 집들의 연속이었어요. 그런데 시간이 지날수록 참 묘하게도 그 가난한 풍경이 어딘지 모르게 따뜻해 보이는 거예요. 아마 우리가 이미 거쳐온 지난 시절의 모습이라서 그랬던 것 같아요. 우리 어린 시절의 한 순간을 재현한 것처럼 아련한 향수를 불러일으키는 친근함이었죠."

성은경 대표는 또 베트남은 전쟁으로 피폐해진 삶 속에서도 예술의 열정을 간직한 매력적인 나라라고 했다. 결코 무시할 수 없는 문화의 깊이를 가진 나라라는 것이다. 씨클로를 타고 베트남의 비좁은 골목길을 누비며 그들의 정서와 문화를 직접 눈으로 확인한 사실이었다.

이제 베트남도 많이 변했다. 사라진 씨클로를 대신해 오토바이가 씽씽 달리고, 모기와 도마뱀 천국이었던 숙소도 최신 시설과 아름다운 인테리어로 장식된 고급 호텔로 바뀌었다. 경제적으로도 그만큼 성장했다. 성대표가 처음 베트남에 갔을 때 허름한 작업실에서 물감 살 돈이 없어 힘들어하던 화가들이 지금은 베트남의 상류층이 되어 있을 만큼 달라졌다.

하지만 세민얼굴기형돕기회가 매년 찾아가는 베트남 곳곳의 마을은 아직 남루하다. 제대로 된 의료혜택을 받지 못한 수많은 얼굴기형 환자들이 희망을 갖고 병원 복도에 줄지어 앉아 한국 의료진의 손길을 기다리고 있다. 그들의 수줍은 미소 속에는 따스한 마음이 담겨 있다. 그것이 세민얼굴기형돕기회 의료봉사단을 매년 베트남으로 움직이게 만드는 힘이다.

희망의 거리만큼
달려온 사람들

　인도차이나반도 동부에 위치한 베트남은 중국, 라오스, 캄보디아와 접해 있다. 국토가 남북으로 긴 나라로, 총 면적은 33만 제곱킬로미터가 조금 넘는다. 이는 한반도의 약 1.5배에 해당되는 면적이다. 베트남의 행정구역은 5개의 직할시와 59개의 성(省)으로 이루어져 있다. 북부에는 수도인 하노이(Hanoi)가, 남부에는 호치민(Ho Chi Minh)이 정치, 경제, 문화 등의 중심지 역할을 하고 있다.

　의료시설이 낙후된 베트남에서 그나마 종합병원의 역할을 수행하는 곳은 하노이의 108국군중앙병원과 호치민의 다오175병원 정도다. 세민얼굴기형돕기회의 초기 의료봉사 역시 이 두 병원을 중심으로 이루어졌다. 처음 베트남을 방문한 1996년부터 2001년까지 하노이와 호치민을 매년 번갈아 방문했는데, 해당 지역의 얼굴기형 환자들은 물론이고 1년에 단 한번뿐인 치료 기회를 놓치지 않기 위해 수백 킬로미터 떨어진 곳에서 기차를 타고, 배를 타고, 차를 타고 달려오는 사람들도 많았다. 그래서 2002년부터는 108국군중앙병원과 다오175병원의 도움을 받아 의료 혜택을 누리기 힘든 오지의 농촌 마을을 찾아가기 시작했다.

베트남 오지의
농촌 마을을 향해

2001년에 호치민 다오175병원에서 구개열 수술을 받은 바우쫑(당시 8세)이라는 여자 아이도 부모 손에 이끌려 120킬로미터 떨어진 곳에서 왔다. 바우쫑의 부모들은 입천장이 벌어진 채로 태어난 아이에게 그동안 아무것도 해줄 수 없었다. 수술받을 형편도 못 되었지만, 그가 사는 곳 주변에는 수술을 해줄 병원도 의사도 없었다. 그러다 우연히 한국 의료봉사단이 무료수술을 해준다는 이야기를 듣고 한걸음에 달려온 것이었다.

"우리 고향에는 바우쫑처럼 수술을 기다리는 아이들이 많아요. 그 아이들은 언제쯤 수술을 받을 수 있을까요? 한국에서 오신 의사 선생님들이 꼭 그들을 수술해주셨으면 좋겠어요."

바우쫑의 부모는 수술 후 밝아진 아이의 모습을 보면 다들 부러워할 거라며 그 아이에게도 자신과 같은 행운이 꼭 찾아가길 바란다고 말했다. 자신의 아이만 혜택을 받은 것이 미안했던 모양이다.

"네, 걱정 마세요. 언제라고 장담은 못하지만 그 분들도 꼭 우리가 찾아가서 수술을 해드리도록 노력할게요."

한국 의료진의 확실한 약속도 아닌 그저 노력하겠다는 말에도 바우쫑의 부모는 자기 일처럼 기뻐했다.

"아, 정말이죠? 이 기쁜 소식을 어서 고향 사람들에게 전해야겠어요. 감사합니다. 정말 감사합니다."

같은 날 수술을 받은 푸 쿠어런(당시 14세)은 심한 구순열 환자였다. 이미 여러 나라의 의료봉사단에게 수술을 받아보려고 네 차례나 진료를 받았지만, 모두 쿠어런의 상태가 너무 심해서 수술을 할 수 없다고 했다. 정해진 짧은 기간 동안에 집중적으로 이루어지는 의료봉사라는 특수성 때문에 아무래도 어려운 수술은 피하게 되는 경우가 많다. 그러나 한국의 의료봉사단은 달랐다.

"우리는 이미 푸 쿠어런보다 더 심한 케이스도 성공적으로 수술을 한 경험이 많습니다. 쉽지는 않겠지만 우리가 해보겠습니다."

그동안 수많은 케이스를 수술한 노하우와 높은 수준의 수술 퀄리티에 대한 자신감이 한국 의료봉사단에게는 있었다. 그리고 무엇보다 그들마저 이 아이를 외면하면 그 어느 곳에서도 수술을 해주겠다고 나서지 않을 것이라는 절박한 심정도 있었다. 그것이 먼 길도 마다하지 않고, 오로지 희망 하나에 몸을 싣고 이곳까지 온 환자와 환자 부모에게 줄 수 있는 마지막 선물이라고 생각했다.

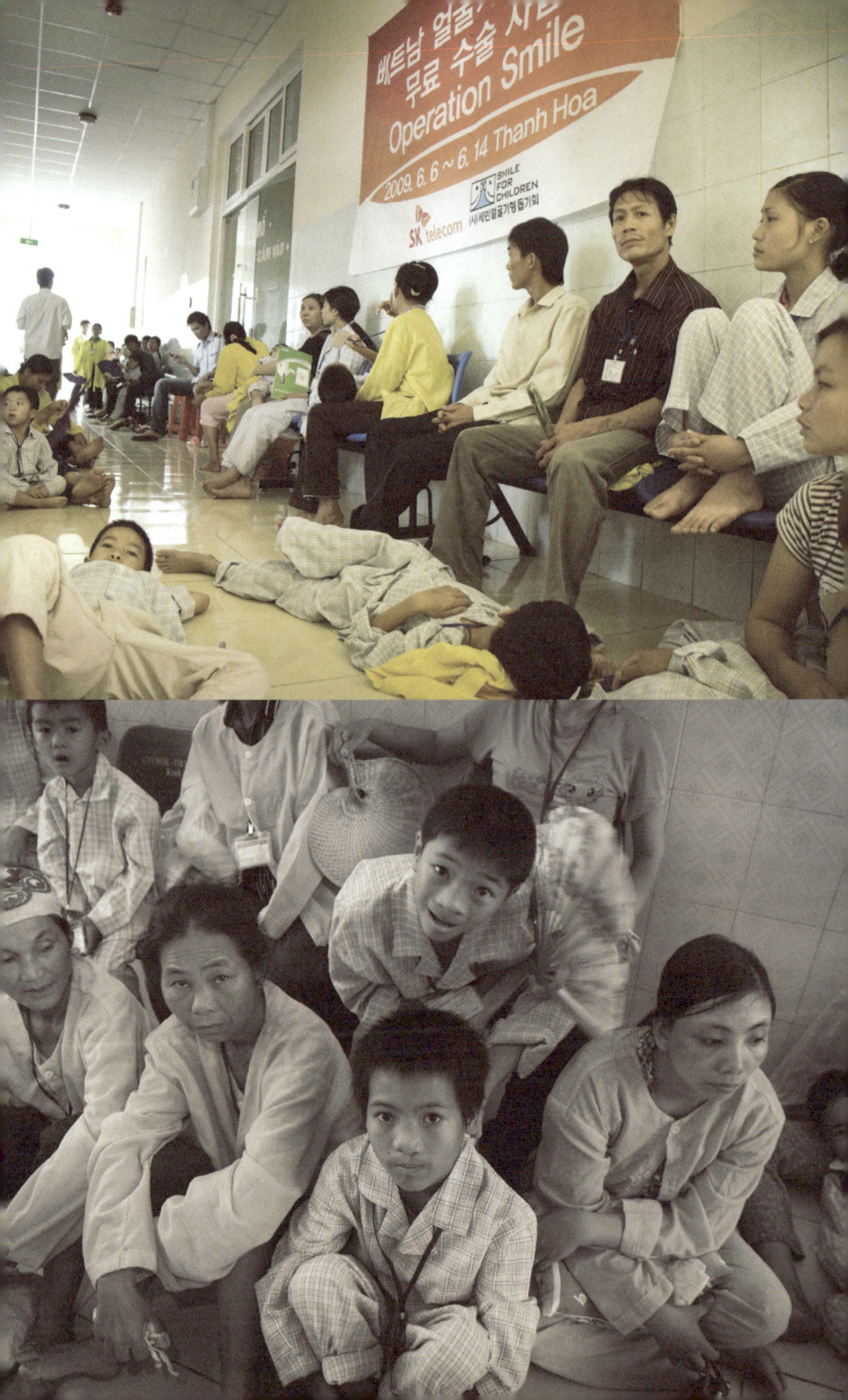

수술을 받았거나 받기를 기다리는 수많은 환자들과 보호자들로 병원은 언제나 발 디딜 틈 없이 북적거린다. 입원실에 침대가 모자라 복도에 돗자리를 깔거나 야전 침대를 펼쳐 자리를 지키는 모습은 이제 더 이상 낯설지 않다. 수술 대기실에는 베트남 전역에서 선별되어 온 환자들이 자신의 이름이 불리기만을 학수고대하고 있다.

해가 거듭될수록 베트남의 의료수준도 점점 높아지고 있지만, 여전히 도시와 농촌 지역의 의료수준에는 큰 격차가 있다. 의료봉사단이 매년 접하게 되는 현지 병원의 풍경도 거의 변함이 없다. 의도적으로 의료수준이 떨어지는 오지만 찾아다녀서 그런지도 모른다. 어쨌든 수많은 환자들과 보호자들로 병원은 언제나 발 디딜 틈 없이 북적거린다. 입원실에 침대가 모자라 복도에 돗자리를 깔거나 야전 침대를 펼쳐 자리를 지키는 모습은 이제 더 이상 낯설지 않다. 수술 대기실에는 베트남 전역에서 선별되어 온 환자들이 자신의 이름이 불리기만을 학수고대하고 있다. 사실 많은 사람들이 한꺼번에 병원에 모여 있다 보니 입원 환경이 쾌적할 수가 없다. 냉방시설도 제대로 되어 있지 않은 데다가 환자복도 지급되지 않아 평상복을 입고 있다. 식사는 중증환자를 제외하고는 대부분의 환자들과 보호자들이 스스로 해결하고 있다. 그러다보니 병원 마당에는 환자와 보호자들이 입던 옷을 빨아서 널어놓고, 화덕에 불을 지펴 밥을 짓는 진풍경이 펼쳐진다.

하지만 이러한 불편에 대해서 아무도 불평하지 않는다. 오히려 기다리던 수술을 받게 되었다는 사실만으로도 기쁘고 설레는지 얼굴에서 웃음이 떠나지 않는다. 가끔은 그들의 해맑음이 신기하게 느껴질 때도 있다. 어렵고 힘들어도 삶에 대한 기쁨과 감사의 마음을 잊지 않고 살아가는 사람들. 그들을 보면서 행복이란 결코 물질적인 것의 많고 적음에서 비롯되는 것이 아님을 느끼게 된다.

베트남에서 만난 한국인의
노블레스 오블리주

1997년 제2차 베트남 의료봉사를 갔을 때의 일이다. 새로 취임한 조원일 주 베트남 대사로부터 의료봉사단에게 식사를 대접하고 싶다는 연락이 왔다. 백롱민 교수는 안 그래도 조원일 대사를 따로 만나 인사를 해야겠다고 마음먹고 있던 터라 고맙게 저녁 식사 초대에 응했다. 그런데 하필 약속을 한 날 까다로운 수술이 연달아 잡히는 바람에 약속 시간인 저녁 7시를 훌쩍 넘기고 말았다. 굉장한 실례인 건 알았지만 그렇다고 환자를 남겨두고 갈 수는 없었다. 백롱민 교수는 그날 수술을 모두 마무리하고 나왔다. 당연히 저녁 식사는 물 건너갔다고 생각하고 있었다. 그런데 조원일 대사가 아직도 약속 장소에서 기다리고 있다는 연락이 왔다. 깜짝 놀란 그는 봉사단원들과 함께 부랴부랴 약속 장소로 달려갔다.

"정말 죄송합니다. 이렇게 기다리실 줄은 몰랐습니다. 제가 큰 결례를 했습니다."

"아닙니다. 의사 선생님이신데 당연히 환자가 먼저지요. 더구나 이렇게 멀리 타국까지 와서 좋은 일 하시는데 제가 당연히 기다려야죠."

모든 공무원이 그런 것은 아니지만 고위직에 있는 공무원 중에는 고압적인 태도를 취하는 경우가 많다. 하지만 조원일 대사는 봉사단 쪽에서 결례를 범했는데도 전혀 화를 내지 않았다. 오히려 수술하느라 고생이 많았다면서 단원들의 손을 일일이 잡아주면서 고맙다고 했다. 백롱민 교수는 그때부터 조원일 대사와 친해졌다. 조원일 대사는 베트남 의료봉사 활동과 관련해서 여러 가지 조언을 해주었다.

"한두 번 하고 말 거라면 시작도 하지 마세요. 최소한 10년은 해야 이곳 사람들이 그 진심을 알아줄 겁니다. 베트남은 망망대해 같은 곳이에요. 돌 한 번 던진다고 절대로 큰 물결이 일지 않지요."

봉사활동의 규모보다는 진정성과 지속성이 중요

베트남 의료봉사를 시작할 때 처음부터 10년 후, 15년 후를 내다보고 시작한 것은 아니었다. 하지만 한 번 와서 해보니 환자 수도 많고, 조원일 대사의 말대로 한 번으로 그칠 일이 아니었다. 그렇게 다음을 약속하고 또 그 다음을 약속하고 했던 것이 두 번이 되고 세 번이 되면서 현재까지 이어져오고 있다.

조원일 대사는 당시 베트남에 진출한 한국인들이 현지에서 인정받기까지 힘들었던 과정을 얘기해주었다. 그는 기부의 크기보다는 꾸준한 활동이 중요하다는 사실을 강조했다. 그리고 베트남 의료봉사 활동이 장기적인 프로젝트로 갈 수 있도록 많은 격려를 해주었다. 백롱민 교수는 그런 그에게 항상 고마운 마음을 가지고 있었다. 기회가 된다면 보답하고 싶었다. 그런데 마침 좋은 기회가 생겼다. 당시 국가 부주석이었던 응웬 티 빙(Nguyen thi Binh) 여사가 108국군중앙병원의 의료봉사 현장을 방문한다는 소식을 전해 들은 것이다. 백롱민 교수는 닥터 판에게 부탁해 조원일 대사가 동석할 수 있도록 자리를 마련했다.

응웬 티 빙 여사는 '전설의 마담 빙'이라는 별명이 있을 정도로 베트남 내에서 영향력이 대단한 실력자였다. 그의 눈도장을 받는 것만으로도 베트남에서의 활동에 제약이 없을 만큼 중요한 인물이었다. 빙 여사가 세민얼굴기형돕기회 사업에 관심을 갖고 있다는 것만으로도 베트남 국민들의 관심은 저절로 높아졌다. 그녀가 가는 곳마다 국영 TV 카메라가 따라다니고 수많은 기자들이 동행취재를 했기 때문이다. 덕분에 한국 의료진에 의한 얼굴기형 환자 무료수술 활동도 베트남 언론에 많이 소개되었다.

조원일 대사는 한국 의료진이 마련한 리셉션에서 응웬 티 빙 여사를 소개받은 후 빙 여사가 주도하는 베트남 아동보호위원회 행사에 참여할 수 있게 되었다. 베트남 아동복지 향상을 위해 일할 기회를 갖게 된 것이다. 그러한 활동이 베트남에서 한국인의 입지를 넓히기 위해 노력하던 조원일 대사의 행보에도 많은 도움을 주었다.

1990년대 중반 이후 베트남에 진출한 우리나라 기업들은 베트남의 국민성을 이해하지 못해 종종 현지 고용인들과 갈등을 빚었다. 그것은 과거 우리나라가 베트남 전쟁에서 행했던 일들과 겹쳐져 한국과 한국인에 대한 신뢰도를 깎아먹고 있었다. 그때 베트남 사람들의 마음을 돌려놓은 것은 한국인들의 봉사활동이었다. 1997년부터 2000년까지 주 베트남 대사를 지낸 조원일 대사는 베트남에서 한국인에 대한 인식을 바꾸는 데 많은 노력을 기울였다. 그는 대사 부인을 중심으로 대사관 직원들과 상사 주재원 부인들을 모아 현지 고아원을 돕는 봉사활동을 주도했다.

처음엔 부인들끼리 모여서 차 마시고 쇼핑하는 시간에 좀 더 의미 있는 일을 해보자는 취지로 시작된 일이었다. 그것이 점차 정례적인 모임으로 발전하게 되었다. 봉사활동이라고 해서 거창한 것이 아니라, 모임에 나오는 사람들이 조금씩 돈을 모아 한 달에 200~300달러씩 고아원에 전달하는 것이었다. 먹는 것도 부실하고 옷과 신발, 덮고 자는 이불까지 걸레조각처럼 남루하기 그지없던 고아원 아이들에게 한 달 200~300달러의 생활비는 큰 도움이 되었다.

그런데 이들에 대한 봉사활동을 시작할 때 베트남 정부 관계자가 특별히 주의를 준 사항이 있었다. 도움을 준답시고 한 번 와서 요란하게 사진이나 찍고 갈 거면 아예 시작도 하지 말라는 것이었다. 그리고 아이들을 만나러 올 때 절대 화려한 복장과 귀금속은 하지 말라고 했다. 베트남 사람들이 가진 것은 없어도 자존심은 세기 때문에 그런 것을 용납하지 못한다고 했다. 특히 그들은 봉사활동의 규모보다는 얼마나 진정성을 가지고 지속적으로 계속하는가를 더 높이 평가했다. 그런 점에서 한국인들의 봉사활동은 다른 나라의 봉사활동에 비해 더 많은 인정을 받았고, 그로 인해 한국인의 인상을 좋게 만들었다.

좋은 나뭇잎이 찢어진 나뭇잎을 감싼다

당시 조원일 대사의 부인은 고아원에 정기적으로 기부하는 일 외에도 사용하던 텔레비전이나 냉장고 등 아이들의 생활에 필요할 만한 것들을 수시로 가져다주곤 했다. 그러던 어느 날, 조원일 대사 부인이 아이들에게 물었다.

"혹시 더 필요한 것이 있니? 말해 봐. 내가 도와줄게."

그러자 아이들은 자기들끼리 쑥덕거리더니 이렇게 말했다.

"관광버스를 대절해서 시내에 데려가 주세요."

그 말을 듣는 순간 조 대사의 부인은 속으로 화가 났다. 당장 먹고 살기도 힘든 아이들을 도와주었더니 그새 배가 불러 관광이나 가려고 하다니…. 하지만 겉으로는 내색하지 않았다.

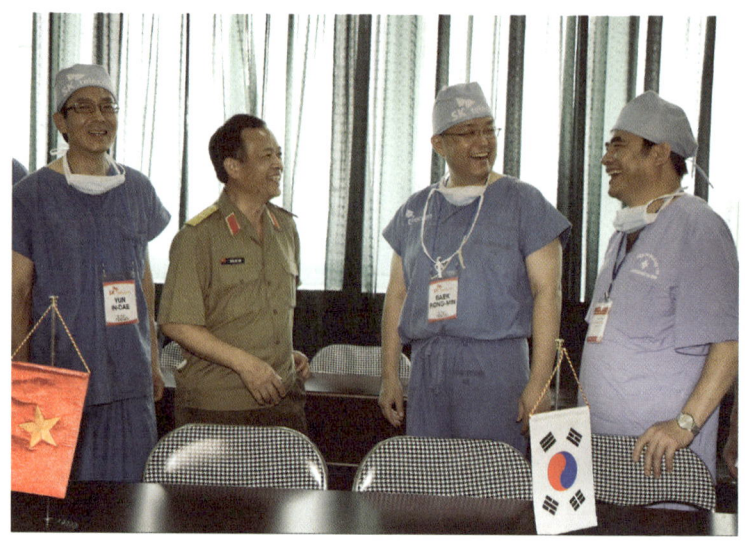

▲ 108국군중앙병원장(현역 준장)과 성형외과 과장(대령)이 방문해 봉사활동중인 의료진을 격려하고 있다.

▼ 베트남 탄호아 지역의 시 당서기가 방문해 봉사활동중인 의료진을 격려하고 있다.

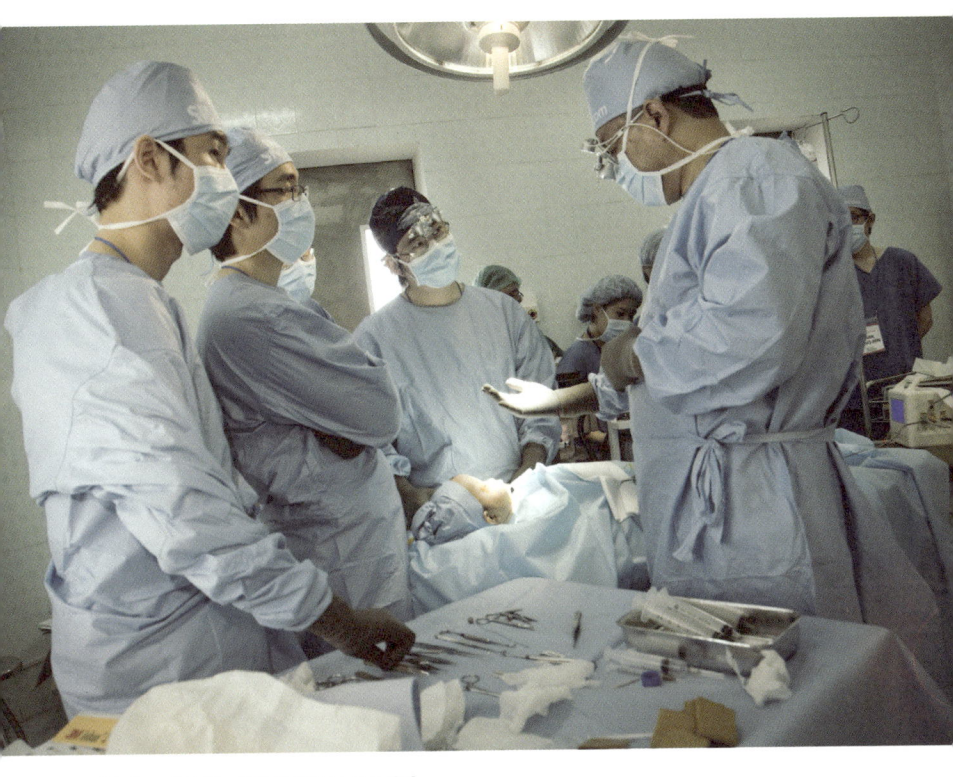

기부의 크기보다는 꾸준한 활동이 중요하다.
세민얼굴기형돕기회(Smile For Children)와 SK텔레콤이 베트남에서 펼치는 의료봉사는 단
순히 수술과 입원비만 지원하는 데 그치지 않는다. 그들은 수술기구와 용품을 기증하고 베트
남 의사들에게 수술 노하우를 전수하고 있다. 베트남 스스로 자국민을 돌볼 수 있는 의료 인
프라 구축에 도움을 주기 위해서다.

"그래? 그럼 그렇게 하지 뭐."

며칠 후 조 대사 부인은 관광버스 한 대를 빌려 아이들을 태우고 시내로 나갔다. 버스는 아이들을 시내의 유명 관광지에 내려놓았다. 그런데 막상 버스에서 내린 아이들은 구경은 뒷전이고 관광을 온 사람들을 상대로 구두닦이를 하거나 껌 등을 팔기 시작했다. 조 대사 부인은 그제야 자신이 아이들을 오해했다는 사실을 깨달았다. 아이들은 한가롭게 관광이나 하자고 버스를 빌려달라고 한 것이 아니었다. 당시만 하더라도 베트남은 교통이 불편해서 아이들이 시내에 나가서 돈을 벌고 싶어도 마땅한 교통편을 구할 수가 없었다. 아이들은 돈을 벌고는 싶은데 버스를 빌릴 여력이 안 되니까 조 대사 부인에게 그런 부탁을 했던 것이다. 조 대사 부인은 아이들의 강한 생활력에 다시 한 번 감탄했다. 그리고 진정으로 그들을 돕는 길은 한두 푼 건네주는 것이 아니라 그들 스스로 자립해서 돈을 벌 수 있도록 여건을 마련해주는 것임을 깨달았다.

세민얼굴기형돕기회와 SK텔레콤이 베트남에서 펼치는 의료봉사 역시 단순히 수술과 입원비만 지원하는 데 그치지 않고 수술기구와 용품을 기증하고 베트남 의사들에게 수술 노하우를 전수하고 있다. 베트남 스스로 자국민을 돌볼 수 있는 의료 인프라 구축에 도움을 주기 위해서다. 소비적 나눔이 아닌 생산적 나눔의 실천이라고 할 수 있다.

베트남 속담에 '좋은 나뭇잎이 찢어진 나뭇잎을 감싼다' 는 말이 있다. 이 말은 나보다 어렵고 가난한 사람을 도와야 한다는 뜻으로, 진정한 노블레스 오블리주란 무엇인가를 생각하게 해준다. 한국이 베트남이라는 나라에 진출해 국가의 위상을 높일 수 있었던 것은 그만큼 원칙에 충실한 노블레스 오블리주를 실천했기 때문이다.

닥터 판과의 특별한 인연

백롱민 교수가 매년 베트남에 갈 때마다 꼭 들르는 곳이 있다. 바로 베트남 국립묘지의 영웅묘역이다. 이곳은 베트남 공화국 건국 원로들만 모시는 묘역으로, 베트남 혁명 1세대 원로이자 베트남 의사들의 아버지로 추앙받는 닥터 판이 영면해 있는 곳이다. 세민얼굴기형돕기회가 베트남에서 의료봉사 활동을 펼칠 수 있도록 길을 터준 닥터 판은 안타깝게도 1998년에 위암으로 투병하다가 사망했다. 백롱민 교수는 함께 간 봉사단원들과 함께 그의 영정 앞에 고개 숙여 묵념함으로써 의료봉사단이 그동안 베트남에서 해온 일들을 돌아보고 앞으로 해야 할 일들을 다짐하는 시간을 갖는다.

백롱민 교수가 닥터 판을 처음 본 것은 1996년 베트남 첫 방문 때였다. 그는 첫인상부터가 남달랐다. 직접 하노이 공항에 나와 봉사단을 맞아 주었는데, 일흔에 가까운 고령임에도 군복을 입고 있는 모습에서 꿍

장한 카리스마가 느껴졌다. 그는 키도 크고 외모도 참 잘생긴 사람이었다. 공항에서 그를 보는 사람들마다 거수경례를 했다. 그의 뒤를 따라가면 세관이고 뭐고 귀찮은 일 하나 없이 무조건 무사통과였다. 그만큼 그는 베트남에서 높은 지위와 막강한 파워를 지니고 있는 사람이었다.

닥터 판의 집안은 베트남에서도 손꼽히는 명문가였다. 그의 형은 국가주석 법무 보좌관을 지냈고, 월맹군의 공군 파일럿이었던 동생은 별 하나를 달았지만 마지막까지 전투기를 몰다가 전사했다. 닥터 판 역시 베트남의 현대사를 온몸으로 체험한 사람이다. 그는 월맹군 소속으로 열일곱 살 때부터 전쟁에 참여했다. 그 후 군의관이 되어 차근차근 진급을 거듭해 가장 높은 지위에 오르게 되었다. 그는 백세민 박사와 백롱민 교수 형제가 한국의 성형외과 발전에 앞장서고 있다는 사실에 깊은 인상을 받았다고 했다. 그리고 자신의 조카도 성형외과 의사로 108국군중앙병원에서 근무중이라고 자랑했다. 그가 바로 닥터 토(Tho)다. 닥터 토는 108국군중앙병원의 성형외과 과장으로 일하고 있으며, 내년에 은퇴할 예정이다. 그러고 보면 세민얼굴기형돕기회와 닥터 판 집안사람들의 인연도 보통 인연은 아닌 듯하다.

닥터 판은 봉사기간 내내 수시로 현장을 찾아와서 불편한 것은 없는지, 부족한 것은 없는지 일일이 챙기곤 했다. 1주일 동안의 짧은 시간 동안 정이 많이 들어서 봉사단이 하노이를 떠나던 날에는 백롱민 교수의 손을 꼭 잡고 눈물까지 글썽였다. 마치 동생을 떠나보내는 사람 같았다.

베트남 의사들의 아버지, 닥터 판

의료봉사단이 두 번째로 베트남을 찾았을 때도 백롱민 교수는 닥터 판을 만나 즐거운 시간을 보냈다. 닥터 판은 백세민 박사의 병환 소식에 무척 안타까워했다. 그런데 백롱민 교수가 보기에 닥터 판의 안색도 그리썩 좋아보이지는 않았다. 당시엔 별다른 말이 없어서 '연세도 있고 하니몸이 좀 불편하신가 보다' 정도로만 생각했다.

그런데 두 번째 봉사활동이 거의 끝나갈 무렵, 닥터 판이 백 교수를 불렀다.

"부탁이 있습니다."

"네, 말씀해 보십시오."

"닥터 안을 한국으로 보낼 테니 그곳에서 연수를 받을 수 있게 해주세요."

닥터 안은 닥터 판이 가장 아끼는 제자 중 한 명이었다. 그를 한국으로보내 전문적인 성형외과 교육을 시켜달라는 것이었다.

"그런 일이라면 얼마든지 가능합니다. 걱정 마십시오."

백 교수는 안 그래도 봉사 기간중에 수술하는 모습을 보여주는 것만으로는 베트남 의사들의 수준을 높이는 데 한계가 있다고 생각하고 있었다. 그런데 마침 닥터 판이 그런 제안을 하니, 이참에 베트남 성형외과 의사들의 한국 연수를 정례화하는 것도 좋겠다고 생각했다.

한국으로 돌아온 백롱민 교수는 곧바로 병원 측의 협조를 얻어 닥터 안을 초청했다. 닥터 안은 그해 7월에 입국해 인제대 백병원에서 1년 동안 전임의로 연수를 받았다. 백 교수와 닥터 안은 동갑으로 친구같은 사이였지만 병원에서 만큼은 스승과 제자의 관계가 되어 동고동락했다. 그런데 그 해 연말, 닥터 안이 갑자기 베트남으로 돌아가겠다고 했다. 백롱민 교수는 아직 1년을 다 채우지도 않았는데 무슨 일이냐고 물었다. 그랬더니 그제야 닥터 판이 많이 아프다고 털어놓았다.

"위암입니다. 중국에서 의사들을 모셔 수술을 받았는데 결과가 안 좋다고 합니다."

백 교수는 가슴이 철렁했다. 형님이 쓰러지고 얼마 지나지 않은 터라 닥터 판이 아프다는 소식이 남의 얘기 같지 않았다.

"그럼 가 봐야죠. 가서 상태가 어떠신지 나에게 꼭 연락해주세요."

닥터 안은 곧바로 베트남으로 떠났다. 그리고 얼마 후 서신으로 연락이 왔다. 닥터 판이 지금 중환자실에 있는데 얼마 못 살 것 같다는 내용이었다. 그리고 그가 백롱민 교수를 꼭 한 번 보고 싶어 하니 사정이 된다면 한 번 왔다 갔으면 좋겠다고 했다. 갑자기 병원 일정을 빼는 것이 쉬운 일이 아니었지만 백 교수는 망설임 없이 베트남 행을 결정했다. 당시엔 베트남에 가려면 비자 문제도 복잡하고 항공편도 별로 없어서 불편한 점이 많았다. 하지만 그는 무리해서라도 닥터 판을 만나러 가고 싶

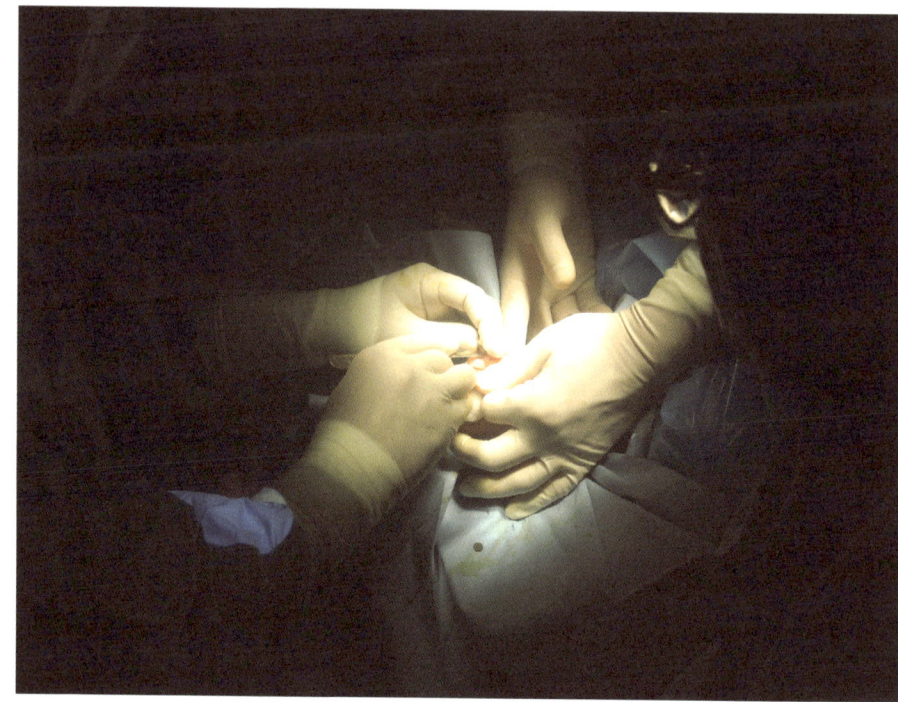

우리의 궁극적인 목표는 베트남 의사들이 직접 자기 나라 얼굴기형 어린이들을 수술할 수 있는 능력을 갖도록 돕는 것이다. 우리가 매년 다른 지역을 방문하면서 장소를 제공한 병원에 우리가 가지고 간 수술 장비와 소모품들을 기증하고 현장의 베트남 의사들에게 수술방법을 가르치는 것도 그러한 이유 때문이다.

었다. 만약 그를 못보고 그대로 보내고 나면 두고두고 후회할 것 같았다.

백롱민 교수는 베트남에 도착해 닥터 판이 입원해 있는 108국군중앙병원으로 갔다. 그는 제일 위층으로 안내되었다. 운동장만큼 넓은 병실 한가운데 닥터 판이 누워 있는 병상이 있었다. 높은 사람을 위해 마련된 특실이었다. 환자 주변으로 의사와 간호사 여러 명이 대기중이었다. 닥터 판은 한눈에도 병색이 짙었다. 거의 운명 직전인 것 같았다. 그래도 아직 의식은 있었다. 그가 백롱민 교수에게 손짓해 옆으로 와 앉으라고 했다. 그리고 손을 잡으며 천천히 말했다.

"앞으로 내가 없더라도 얼굴기형 어린이 수술 사업은 계속 했으면 좋겠습니다. 닥터 토도 있고 닥터 안도 있고, 내 밑에 있는 여러 사람이 당신들을 도울 겁니다. 너무 성급히 모든 것을 하려고 하지 말고 차분히 하나씩 해나가다 보면 분명 좋은 성과가 있을 겁니다."

마지막 유언인 것 같아서 백 교수의 가슴이 먹먹해졌다. 형님도 병석에 누워 계시고 닥터 판마저 떠나고 나면 과연 이 일을 계속해서 잘 해나갈 수 있을까 무거운 책임감이 어깨를 짓누르는 것 같았다. 하지만 닥터 판의 말대로 누가 뭐래도 이 사업은 계속해나갈 것이다. 백 교수는 걱정하지 마시라고, 자신과 닥터 판의 제자들이 잘 해낼 거라고 말하고 싶었다. 하지만 자꾸 목이 메어 아무 말도 할 수 없었다. 그저 말없이 손만 잡고 앉아 있었다. 그날 백 교수는 일정 때문에 곧바로 한국으로 돌아가야 했다. 그는 배웅 나온 닥터 안에게 말했다.

"병원 일은 당분간 신경 쓰지 말고 있고 싶은 만큼 있다가 오세요. 그리고 닥터 판에게 무슨 일이 생기면 꼭 연락주세요."

닥터 판이 남기고 간 선물

백롱민 교수가 한국으로 돌아오고 며칠 뒤, 닥터 안으로부터 닥터 판이 돌아가셨다는 전화가 걸려왔다. 백 교수는 마음이 아팠다. 그리고 다시 베트남으로 가서 장례식에 참석하고 싶었다. 하지만 항공편이 마땅치 않아 제 날짜에 맞춰 갈 수 없을 것 같았다. 할 수 없이 조원일 주 베트남 대사에서 전화를 걸어 부탁했다.

"닥터 판이 돌아가셨는데 제가 참석할 수 없으니 저를 대신해 조화를 보내주시겠습니까?"

"닥터 판이 돌아가셨다고요? 아프신 것도 몰랐습니다. 꽃만 보낼 게 아니라 제가 직접 들고 가도록 하겠습니다."

"그렇게 해주시면 저야 고맙죠."

그렇게 조원일 대사가 백롱민 교수를 대신해 장례식에 참석하게 되었다. 조 대사의 말에 따르면, 베트남 국가주석, 총리 등 최고위급 인사들이 전부 참석한 거창한 장례식이었다고 한다. 그는 닥터 판이 지위가 높은 사람인 줄은 알았지만 그 정도인 줄은 몰랐다며 놀라워했다. 그리고 장례식에 참석한 베트남 당 간부들이 한국 대사가 직접 세민얼굴기형돕기회가 보내는 조화를 들고 참석한 것을 보고 굉장히 고마워하더라는 말도 전해주었다. 그것은 의리를 중요하게 생각하는 베트남 사람들에게 한국과 세민얼굴기형돕기회를 다시 보게 만드는 계기가 되었다. 그래서 그런지 그 다음 해에 의료봉사단이 베트남에 갔을 때 당 간부들이 굉장히 호의적으로 환대해주었다. 백롱민 교수는 그것이 닥터 판이 남기고 간 선물이라고 생각한다.

"닥터 판과 알고 지낸 시간은 길지 않지만 그와의 만남으로 이룩한 것은 너무도 크고 귀한 것이었습니다. 그가 운명하기 전 나의 손을 잡고 베트남 의료봉사 활동을 지속해달라며 남겼던 유언이야말로 15년 동안 이 일을 지속적으로 해올 수 있었던 원동력이었습니다."

많은 사람들이 성공적인 삶을 위해서는 인맥이 필요하다는 이야기를 한다. 하지만 인맥보다 더 소중한 것이 인연이다. 좋은 인연은 우리 삶을 더욱 풍요롭고 아름답게 만들어주는 씨앗과 같다. 나눔과 봉사라는 공통분모로 만난 닥터 판과의 특별한 인연이 있었기에 세민얼굴기형돕기회의 베트남 얼굴기형 환자 무료수술 사업이 성공적으로 이어질 수 있었다.

간이 수술실에서 일어난
7일간의 기적

2006년, 의료봉사단이 찾아간 곳은 하노이에서 차로 세 시간 정도 거리에 있는 남딘(Nam Dinh)이라는 곳이었다. 그곳에서 134명의 환자를 만나고 그들에게 새로운 삶의 희망을 선물했다.

구순구개열 수술을 받은 두옹(당시 14세)은 또래 아이들보다 훨씬 작은 체구를 가지고 있었다. 입이 다물어지지 않을 정도로 구순구개열이 심해서 어렸을 때부터 음식을 제대로 섭취하지 못한 탓이었다. 두옹은 그동안 세 번에 걸쳐 수술을 받았다고 했다. 두옹의 집은 그나마 경제 사정이 좀 나은 편이라 한 살 때 베트남 병원에서 두 차례 수술을 받았다. 하지만 현지 의료진들의 성형수술 능력이 떨어져 결과는 만족스럽지 못했다. 그 후 미국 자선단체의 지원으로 세 번째 수술을 받았다. 여전히 결과는 만족스럽지 못했다.

두옹은 이제 마지막이라는 심정으로 한국의 의료봉사단에 희망을 걸었다. 다행히 두옹의 네 번째 수술은 만족스럽게 마무리되었다. 처음부터 워낙 상태가 좋지 않은 데다 세 차례의 수술 흔적 때문에 쉽지 않은 수술이었다. 그래도 수술 후 입도 다물어지고 무엇보다 정상적으로 음식을 먹을 수 있게 되었다. 1년 뒤 두옹의 삶은 그전과 완전히 달라졌다.

"저는 항상 또래와 어울리지 못하고 혼자서 TV를 보며 지냈어요. 그래서 만화영화 속 캐릭터만이 유일한 친구였죠. 하지만 이젠 현실 속에서도 든든한 친구가 생겼어요. 저보다 키도 크고 힘도 센 친구예요."

친구가 생겼다고 자랑하는 두옹의 얼굴에는 세상에서 가장 행복한 소년의 미소가 담겨 있었다.

"바게트 빵을 마음껏 먹을 수 있게 되었어요!"

다음 해, 베트남 응애안의 빈 아동병원으로 의료봉사를 갔다. 빈은 호치민에서 비행기로 1시간 50분 거리에 있는 농촌 마을이다. 이곳에도 구순구개열을 갖고 태어났지만 집안 형편이 어려워 수술을 받지 못한 수많은 아이들이 있었다. 설사 수술할 돈이 있더라도 현지 병원은 구순구개열 수술을 할 시설도 모자라고 의사들의 실력도 부족했다. 그런 가운데 한국에서 의료봉사단이 온다는 소식이 전해졌다. 소식을 듣고 그동안 구순구개열로 고통받던 아이들이 부모들 손에 이끌려 병원으로 몰

려들었다. 오랜 가뭄 끝에 내린 단비처럼 그들에겐 오랜 시름을 날려버
릴 귀한 기회였다.

당시 구순구개열 수술을 받은 아이들 중 응옥화(당시 7세)의 아버지는
그동안 수술을 받지 못해 힘들었다고 토로했다.

"돈도 없었지만 어느 병원으로 가야 수술을 받을 수 있는지도 몰랐어
요. 고통스러워하는 아들의 모습을 보면서 가슴이 아팠지만 그 누구도
도움의 손길을 내밀지 않았어요. 그런데 머나먼 한국에서 온 의사들이
우리에게 한줄기 희망의 빛을 선사했어요."

쩐티타오(당시 4세), 쩐반쥬(당시 9세) 등 당시 응옥화와 함께 구순구개
열 수술을 받은 아이들의 부모들 역시 한국에서 온 의사들의 선물에 고
마워하며 아이들이 밝게 웃을 수 있게 되었다며 행복해했다. 이 아이들
은 수술을 받기 전까지는 음식을 제대로 먹지 못했다. 윗입술과 입천장
이 갈라져 있어 아기 때는 젖을 빨면 입 밖으로 모두 흘러 넘쳤고, 밥을
먹으면 음식물이 갈라진 입천장으로 들어가 코로 나오기 일쑤였다.

많은 이들에게 먹는 것은 가장 큰 즐거움 중 하나다. 하지만 이 아이
들에게 먹는 것은 생명 유지를 위해 억지로, 그리고 힘들게 치러야 하
는 고통 그 자체였다. 그러나 수술 후에는 맛있는 음식을 입 안에서 꼭
꼭 씹어 먹으며 음미할 수 있게 되었다. 응옥화는 특히 바게트 빵을 좋
아하는데 입천장에 바게트빵이 낄까 봐 걱정하지 않고 맘껏 즐길 수
있게 되었다고 좋아했다. 어쩌면 이 아이는 이런 소소한 즐거움을 평

생 모르고 살았을지도 모른다. 그 단 한 번의 수술이 없었다면 말이다.

이 아이들에게 수술은 인생 전체를 바꾸어주는 기적이다. 의료봉사단이 베트남에 머물러 있는 7일 동안의 매일 매 시간은 기적의 순간이다.

백롱민 교수는 매번 수술을 마칠 때마다 아쉽다는 생각이 많이 한다. 더 많은 환자들에게 무료수술의 혜택을 주고 싶다는 마음이 언제나 먼저 앞서기 때문이다.

"One more case!(한 케이스만 더!)"

수술실을 나서기 전에 자꾸 이 말을 외치게 되는 것은 이 아이들이 이번 기회가 아니면 평생 수술을 받지 못할 수도 있기 때문이다. 백롱민 교수를 비롯한 세민얼굴기형돕기회 의료봉사단이 앞으로 얼마나 더 이 일을 계속하게 될지 정해진 기약은 없다. 하지만 가능하면 베트남의 전 지역을 방문해 그곳에 살고 있는 얼굴기형 어린이들에게 새로운 삶을 찾아주고 싶다는 것이 그들의 바람이다. 그들은 또 다른 기적을 꿈꾸고 있다.

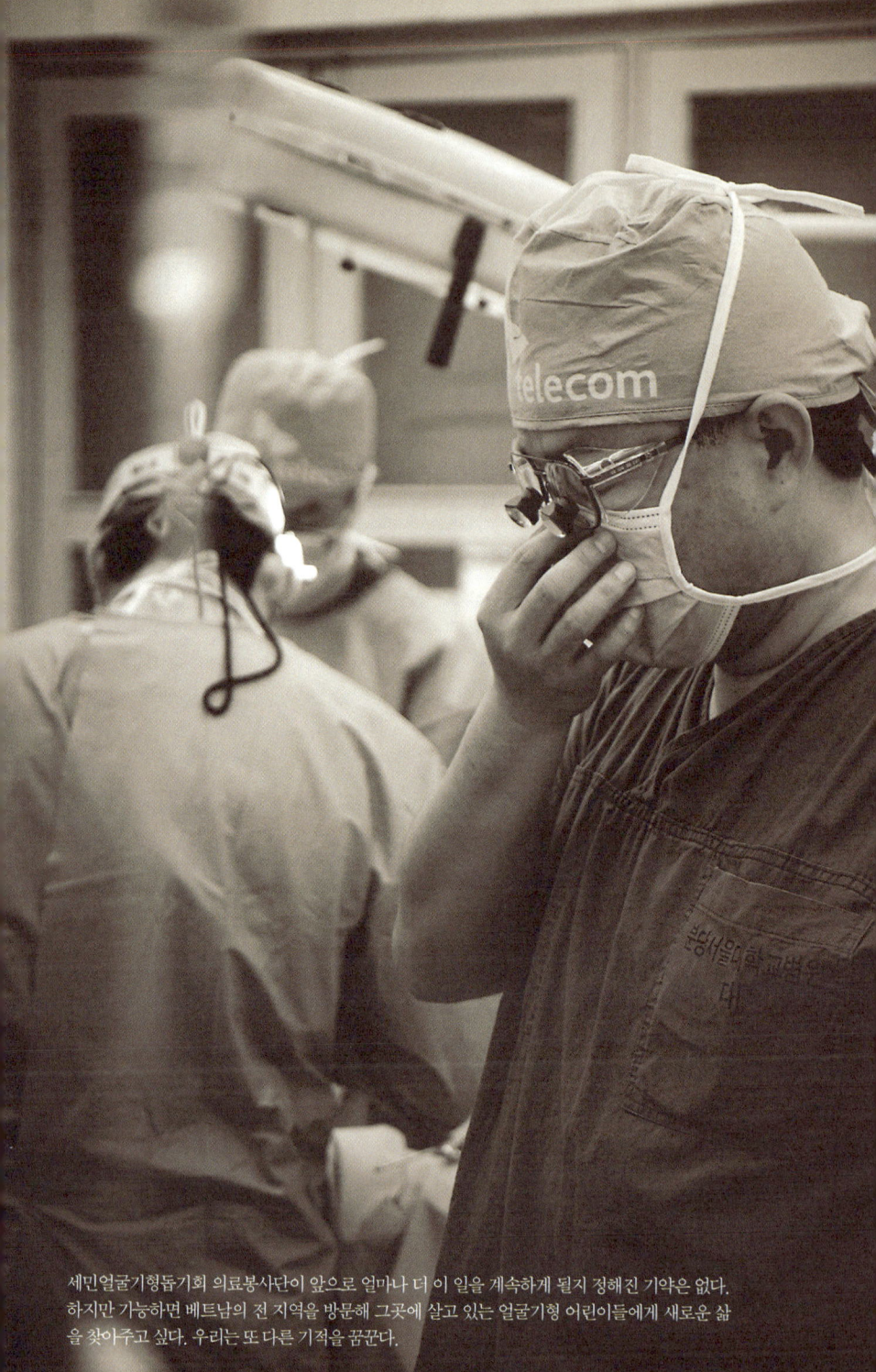

세민얼굴기형돕기회 의료봉사단이 앞으로 얼마나 더 이 일을 계속하게 될지 정해진 기약은 없다.
하지만 가능하면 베트남의 전 지역을 방문해 그곳에 살고 있는 얼굴기형 어린이들에게 새로운 삶
을 찾아주고 싶다. 우리는 또 다른 기적을 꿈꾼다.

열악한 환경 속에서도
지치지 않는 열정

개방 이후 눈부신 발전을 거듭하고 있는 베트남이지만 세민얼굴기형 돕기회가 봉사활동을 시작할 때만 하더라도 수술을 해야 하는 병원의 의료시설은 말할 것도 없고 먹고 자는 환경도 열악하기 그지없었다.

하노이나 호치민 공항에 내리면 먼 곳은 다시 비행기를 타고 가고, 가까운 곳은 버스로 이동한다. 그런데 버스를 타면 보통 다섯 시간 정도 가고, 최악의 경우엔 여덟 시간을 가기도 한다. 냉방시설도 잘 안 되어 있는 버스를 타고 비포장도로를 다섯 시간 넘게 간다는 것은 말 그대로 고역이다. 본격적인 고난은 숙소에 도착하면서 시작된다.

숙소는 베트남 쪽에서 미리 예약을 해주는데, 요즘이야 호텔이 생겨서 거기에 묵지만 예전에는 거의 도에서 운영하는 게스트하우스에서 묵었다. 게스트하우스는 공산당 간부의 숙소를 개조한 것으로 현지에서는 그래도 최고급 숙박시설에 속했다. 하지만 전화나 인터넷을 쓸 수 없는 것은 물론이고 도마뱀, 메뚜기, 바퀴벌레, 거미들이 수시로 나타나 단원들을 놀라게 했다. 모기도 엄청 많아서 말라리아 예방주사를 미리 맞아야 했고, 모기약도 철저하게 준비해 갔다. 예전의 어떤 숙소에서는 물이 나오지 않아 3일 만에 도시로 나와 세면과 빨래를 하고 다시 숙소로 돌아간 적도 있었다.

그에 비하면 요즘은 정말 많이 좋아졌다. 2010년 봉사활동 때만 하더라도 개인이 운영하는 호텔에 묵었는데, 시설이 너무 좋아서 단원들 모두가 깜짝 놀랐다. 초창기 때에 비하면 천국이나 다름없었다. 이렇게 좋은 곳에 묵어도 되나 싶을 정도였다고 하니, 그만큼 베트남도 지난 15년 동안 많이 발전한 것이다.

곰팡이 핀 초코파이에서 얻은 깨달음

숙소 문제보다 더 심각한 것은 뭐니뭐니 해도 음식이었다. 처음 한동안은 베트남 음식이 입에 맞지 않아 고생하는 사람들이 많았다. 베트남 음식은 독특한 향이 나는 향채를 사용하고 소금기가 없는 것이 특징이어서, 맵고 짠 음식에 익숙한 한국인 입맛에는 그리 맞지 않았다. 요즘에야 베트남 음식을 즐기는 한국 사람들도 많아졌지만 초창기만 하더라도 베트남 음식은 그야말로 낯선 음식이었다. 하지만 의료봉사단은 식사와 관련해서 '베트남에 왔으니 베트남 음식을 먹자'는 원칙을 고수했다. 다른 나라에 와서까지 불고기를 먹으러 다니고 김치를 찾고 하는 것이 모양새가 별로 좋지 않다고 생각했기 때문이다. 대부분의 봉사단원들은 별다른 불평 없이 원칙을 따라주었다. 하지만 어떤 사람에게는 참기 힘든 고통이었다.

평소 비위가 약하기로 유명한 한 의사는 처음 베트남 측에서 환영의 의미로 열어준 연회에서 기겁을 했다. 정체불명의 조류가 배가 갈라진 채 통째로 조리되어 접시 위에 올라왔던 것이다. 음식의 이름은 알 수 없지만 베트남에서 귀한 손님을 대접할 때 내놓는 음식인 것만은 틀림없었다. 이걸 먹어야 되나 말아야 되나 잠시 고민하던 그는 결국 겉으로 내색도 못하고 참고 먹느라 남몰래 눈물을 삼켜야 했다.

이런 에피소드도 있었다. 유독 음식이 입에 맞지 않아 고생을 한 간호사가 있었다. 웬만하면 어디 가서도 음식 투정을 하는 편은 아니라 꾹 참고 먹어보려고 했는데, 그게 잘 안 되었던 모양이다. 끼니 때마다 먹는 둥 마는 둥 했더니 허기도 지고 정신적으로 스트레스도 많이 받았다. 그런데 그날 일과를 마치고 호텔로 돌아가는 길에 작은 잡화점 하나를 발견했다. 뭐라도 요기할 만한 것이 있을까 해서 들어가 보니 구석에 '초코파이'가 있었다. 반가운 마음에 한 박스를 사서 호텔 냉장고에 넣어두었다. 그리고 잠이 들었다가 새벽 1시쯤 깼는데 배가 너무 고파서 불도 켜지 않은 채 냉장고에 있던 초코파이를 꺼내 허겁지겁 맛있게 먹었다.

다음날 아침, 동료들에게 베트남에 와서 간만에 맛있게 뭘 좀 먹은 거 같다며 초코파이 먹은 얘기를 했더니 동료들이 화들짝 놀라며 이렇게 말하는 것이었다.

"선생님, 그 초코파이 드셨어요? 제가 어제 보니까 곰팡이가 피었던데…. 드시지 말라고 말씀드리는 걸 깜빡했네요."

그 이야기를 듣고 냉장고에서 남은 초코파이를 꺼내 살펴보니 정말 곰팡이가 슬어 있었다. 그것도 모르고 간밤에 그렇게 맛있게 먹었다니 생각할수록 어이없는 웃음이 나왔다. 그 순간 어두운 동굴에서 해골에 고인 물을 맛있게 먹고 깨달음을 얻었다는 원효대사 이야기가 생각났다나? 그날 이후로 입에 맞지 않는 베트남 음식도 고마운 마음으로 열심히 먹게 되었다.

하지만 이렇게 무조건 참는다고 될 일은 아니었다. 날씨는 덥고 하루 종일 수술하느라 지치고 힘든데 음식마저 입에 안 맞아 제대로 못 먹었으니 체력적으로도 많이 힘들었다. 결국 한두 해도 아니고 매년 갈 때마다 음식 때문에 고생할 수는 없다고 생각한 백롱민 교수가 고민 끝에 해결책을 찾아냈다. 베트남 요리에 공통적으로 들어가는 향채가 있는데 이것이 베트남 음식 특유의 맛을 살려주기도 하지만 한국인 입맛에 안 맞는 결정적인 역할을 했다. 그래서 현지 식사 담당자에게 다른 것은 다 그대로 해주시되 향채만 좀 빼고 요리해달라고 부탁을 했다. 다행히 백롱민 교수의 처방 덕분에 음식이 입에 안 맞아서 고생

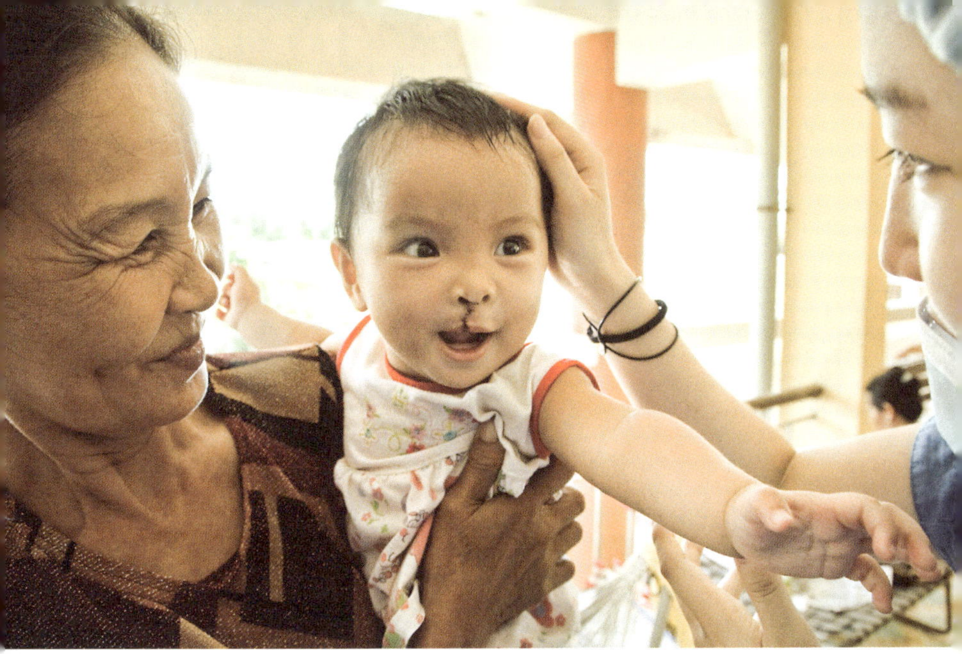

환성이 아무리 열악해도 봉사단원들
은 열심히 최선을 다해 수술 환자들을
돌본다. 사실 그들에게는 음식이나 잠
자리에 불평을 늘어놓을 겨를도 없다.
한 케이스라도 더 수술해서 한 아이라
도 더 활짝 웃게 만들고 싶은 것이다.
신기하게도 힘이 들면 들수록 그들의
열정은 더 뜨겁게 불타오른다.

하는 사람들이 많이 줄어들었다.

힘들수록 솟아나는 열정

봉사단원들은 먹고 자는 기본적인 환경이 열악한 상황에서도 최선을 다해 환자들을 돌본다. 그들에게는 음식이나 잠자리에 불평을 늘어놓을 겨를도 없다. 한 케이스라도 더 수술하고픈 욕심에 점심 식사도 병원에서 주는 걸로 간단히 때우고 휴식도 없이 곧바로 수술실로 달려가곤 한다. 어쩌다 잠시 쉴 틈이 생기더라도 수술실 앞 복도 바닥에 잠시 엉덩이를 붙이고 앉아 있는 게 전부다. 신기하게도 힘이 들면 들수록 그들의 열정은 더 뜨겁게 불타올랐다.

열 번 이상 베트남 의료봉사에 참여한 하동호 원장은 이렇게 말한다.

"베트남에서 비지땀을 흘리며 수술을 했습니다. 그것은 내게 좋은 의미의 땀입니다. 하기 싫고 힘들어서 흘리는 땀이 아니라 내 몸을 가볍고 홀가분하게 만드는 기분 좋은 땀입니다."

한국의 쾌적한 수술 환경에서는 좀처럼 느끼기 힘든 감정이다. 백롱민 교수 역시 비슷한 이야기를 했다. 한국에서는 환자를 돌보는 일 외에도 병원 부원장이라는 지위 때문에 여러 가지 행정적인 일들과 대외적인 업무들이 많다. 그런데 베트남에서는 오히려 이런저런 복잡한 생각들을 모두 떨쳐버리고 오로지 수술과 환자들 생각에만 집중할 수 있어서 행복하다는 것이다. 바로 그런 행복한 감정들이 그들을 더욱 열정적으로 내달리게 하는지도 모른다.

'러너스 하이(Runner's High)'라는 말이 있다. 마라톤에서 숨이 턱까지 차오르는 고통의 순간이 지나고 나면 몸과 마음이 행복해지는 화학작용을 겪게 된다는 스포츠과학에서 유래한 말이다. 러너스 하이를 경험한 사람은 달리기를 멈출 수 없다. 그 건강한 황홀함에 중독되기 때문이다. 봉사활동에 대한 열정도 마찬가지다. 열악한 환경에서 자신의 능력을 최대치로 발휘하여 누군가를 도울 때, 사람들은 무한한 기쁨을 느끼게 된다. 그 기쁨은 그 어떤 중독보다도 강하다.

물난리가 가져다준
뜻밖의 휴식

1998년 제3차 의료봉사 당시 있었던 일이다. 보통은 한 해의 봉사 일정에 관해 연초에 논의를 끝내고 5월경에는 베트남에 도착하는 스케줄로 진행된다. 그런데 그 해는 갑자기 터진 외환위기로 인해 국내 경제가 어려워져 여러 가지로 어수선한 분위기에서 5월 중순에야 일정이 확정되었다. 늦게나마 사업을 계속하기로 결정된 것은 다행이었지만, 문제는 준비할 시간이 너무 부족하다는 데 있었다. 게다가 현지 기후 사정 때문에 6월 초에는 의료봉사단이 하노이에 도착했으면 좋겠다는 베트남측의 요청이 있었다. 그 때문에 봉사활동을 준비할 시간이 길어야 보름 정도밖에 되지 않았다.

어쨌든 촉박한 일정에 맞춰 급하게 일이 진행됐다. 가져갈 의료장비와 소모품을 챙겨 미리 하노이에 보내는 일부터 시작해서 모든 게 그야말로 번갯불에 콩 볶아 먹듯이 이루어졌다. 가장 힘든 부분은 인원 구성이었다. 시간적 여유 없이 급하게 인원을 구성하다보니 간신히 열 명 정도만 채워서 떠나게 되었는데, 그나마 일부는 비자가 출발하기 전날 저녁에서야 나오는 등 우여곡절이 많았다.

그렇게 어렵게 베트남에 도착한 후에도 온갖 고난과 역경이 기다리고 있었다. 봉사 4일째 되던 날, 봉사단이 그날 수술을 모두 마치고 숙소로 돌아가려고 보니 밖에 엄청난 양의 비가 쏟아지고 있었다. 보통 베트남에서는 6월부터 우기가 시작된다. 열대기후 지방의 우기는 한번 쏟아지면 무섭게 쏟아지는 것이 특징이다. 봉사단은 혹시 비가 그치지 않을까 하는 생각에 일단 식당에 모여 이런저런 이야기를 나누며 한두 시간 기다렸다. 그러나 비가 그치기는커녕 하늘에 구멍이라도 난 듯이 계속 비가 내리는 것이었다. 할 수 없이 그냥 비를 맞으며 숙소로 가기로 했다. 식당을 나와 차가 주차된 곳까지 뛰어가는 동안 사람들은 이미 물에 빠진 생쥐 꼴이 되고 말았다. 그렇게 온몸이 흠뻑 젖은 채로 미니버스에 올랐다.

봉사단을 태운 미니버스는 와이퍼를 아무리 움직여도 앞이 잘 보이지 않을 정도로 폭우가 쏟아지는 가운데 시내를 가로질러 천천히 숙소로 향했다. 그러나 숙소에 채 닿기도 전에 버스 바닥에 점점 물이 차기 시작했다. 얼마 지나지 않아 도저히 차를 움직일 수 없는 상황에 이르렀다. 당황한 운전사가 다시 시동을 걸어보려고 했지만 잘 되지 않았다. 봉사단원들은 할 수 없이 차문을 열고 내렸다. 이미 시내는 온통 물에 잠겨

길의 흔적은 온데간데 없이 거대한 호수로 변해 있었다.

"우리 이대로 물에 빠져 죽는 건 아니겠지?"

"무슨 소리야? 죽어도 한국 땅에 가서 죽어야지. 괜한 소리 말고 차나 좀 밀어봐."

"공중전화가 어디 있죠? 호텔에 전화해서 좀 더 큰 차를 보내달라고 해야겠어요."

허리까지 차오른 빗물에 갇혀 다들 정신이 하나도 없었다. 남자들은 멈춰선 미니버스를 밀어 물이 덜 찬 곳으로 가보려고 안간힘을 썼고, 여자들은 공중전화를 찾아 호텔에 전화를 걸어 구조 요청을 했다. 그러던 와중에 다행히 시동이 걸렸다. 봉사단원들은 반쯤 얼이 나간 채로 다시 차에 올라탔다. 차는 물결을 헤치고 엉금엉금 기다시피해서 겨우 숙소에 도착했다. 차에서 내린 봉사단원들은 안도의 한숨을 내쉬었다. 그리고 서로의 몰골을 보면서 한참을 웃었다.

다음 날, 날씨는 말끔하게 개어 있었다. 봉사단원들은 일찌감치 병원으로 갈 준비를 마치고 버스를 기다렸다. 그런데 그들을 태우러 와야 할 미니버스가 출발 시각이 한참이 지나도록 나타나지 않았다. 비는 그쳤지만 시내에 아직 물이 덜 빠져서 차가 길을 건너오지 못하고 있다는 것이었다. 그 바람에 예정보다 두 시간이나 늦게 숙소를 나설 수밖에 없었다. 호텔에서 차를 기다리는 동안 봉사단원들은 모처럼 여유롭게 간밤에 있었던 무용담을 늘어놓으며 시간을 보냈다.

하지만 그 덕분에 수술 일정은 고스란히 연장되었고, 그날은 평소보다 늦게 밤 9시가 되어서야 마지막 수술이 마무리 되었다. 덩달아 늦은 시간까지 야근을 해야 했던 베트남 의료진과 병원 관계자들에게는 미안한 일이었지만 무사히 예정된 수술을 다 마칠 수 있어서 다행이었다. 당시엔 그 모든 것이 고생스러웠지만 지나고 나니까 모두 재미있는 추억으로 남아 있다. 베트남에 가는 횟수가 쌓일수록 추억도 그만큼 쌓여가고 있었다.

산소통을 들고 뛴
어느 자원봉사자

베트남에서 봉사단은 아찔한 순간들을 수없이 경험한다. 한번은 수술 도중 정전이 되는 바람에 다들 크게 당황한 적도 있었다. 만약 그 상황이 한국에서 일어났다면 어땠을까? 한국의 병원에서는 환자의 생명을 유지하기 위한 여러 가지 안전장치들이 모두 전력에 의해 돌아간다. 그렇기 때문에 갑자기 정전이 되어 기계가 멈추면 수술중인 환자가 위험해질 수도 있다. 그래서 병원마다 비상 전력장치를 갖추고 만약의 사태에 대비하고 있다. 하지만 열악한 베트남 병원은 정전에 대비한 비상 전력장치가 구비되어 있을 리 없었다. 그나마 다행인 것은 당시 의료봉사 현장에서 사용되는 기기들 대부분이 수동으로 조작되는 것들이었다. 그래서 크게 위험한 상황은 연출되지 않았다. 아이러니하게도 그 순간만큼은 첨단 장비를 사용하지 않은 것이 천만다행이었다.

의료진들은 봉사 기간 중 의사소통 문제로 고생을 하기도 한다. 특히 초창기에는 요령이 부족해서 더 그랬다. 가져간 장비를 설치하고 필요한 기계를 연결하려면 베트남 의료진의 협조가 필요했다. 그런데 말이 안 통하니 손짓 발짓 해가면서 필요한 부분을 설명해야 했다. 수술 중간에 필요한 기구나 물품이 있으면 제때 바로바로 공급해야 하는데 말이 통하지 않아서 시간이 지체되는 경우도 있었다. 나중에는 수술실에서 자주 쓰는 베트남 말을 한글로 적어 붙여놓고 보면서 의사소통을 했다. 해가 거듭되고 차차 호흡을 맞춰가면서 나중엔 굳이 말을 하지 않아도 눈치로 서로 필요한 부분을 알아차리기도 했지만 의사소통이 제대로 안되어서 실수가 생기기도 했다.

한 번은 아침 8시부터 수술을 시작하려고 준비를 하고 있는데 정작 수술을 받을 환자들이 보이지 않았다. 어떻게 된 것인지 알아봤더니 베트남 의료진이 그날 수술 받을 환자 명단 앞에 '13일/월요일'이라고 기록해야 하는 것을 실수로 '12일/월요일'로 적어 넣었고, 이를 본 현지 병원 직원이 전날 이미 수술을 마친 명단이라고 생각해서 환자들을 집으로 돌려보낸 것이었다. 수술 스케줄을 철저히 관리하는 한국의 의료진 입장에서는 도저히 이해할 수 없는 일이었다. 하지만 이미 벌어진 일을 어쩌랴. 한국의 의료진들이 다시 수술 스케줄을 조정하고 집으로 돌아간 환자들을 일일이 불러 그날 오후에 수술을 받을 수 있도록 했다.

장비가 고장 나 고생을 한 적도 있었다. 언젠가 한국에서 챙겨간 마취기를 설치하는데 뭐가 문제인지 마취기의 압력이 떨어져 제 기능을 못했다. 마취가 안 되면 수술 일정에 차질이 생기기 때문에 의료진들은 모두 애간장이 탈 수밖에 없었다. 일단 마취기를 제조한 한국의 의료장비 업체에 전화를 걸어 문의해보기로 했다. 그런데 워낙 외진 곳이라 로밍해간 핸드폰도 연결이 되지 않아 무용지물이었다. 게다가 병원 내부에는 국제 전화를 걸 수 있는 전화기가 한 대도 없었다. 유일한 전화기는 병원에서 100여 미터 떨어진 곳에 위치해 있는 원장실에 있다고 했다. 할 수 없이 의료진들이 병원과 원장실 사이 왕복 200여 미터를 뛰어다니며 한국에 연락을 취해 겨우 마취기를 고쳐서 쓸 수 있었다.

가장 아찔한 순간은 마취 관련 사고가 발생할 때였다. 대부분 큰 문제 없이 지나가긴 했지만 매년 한두 번씩 크고 작은 사고가 발생해 의료진들을 긴장시켰다. 한 번은 수술을 받은 아이가 마취에서 깨어날 시간이 됐는데도 깨어나질 않았다. 알고 보니 베트남 마취과 의사가 실수로 마취제를 적정량보다 두 배 이상 투여해서 생긴 일이었다. 의료진들이 모두 걱정스러운 얼굴을 하고서 환자를 살피고 있었다.

"아무래도 산소를 공급해야겠어요."

마취과 간호사가 말했다. 그런데 마침 현장에 산소통이 보이지 않았다. 그때 옆에서 그 모습을 걱정스럽게 바라보던 사람이 있었으니, 바로 자원봉사자로 따라온 후원회장 최무형 대덕기연 대표였다.

"산소통이 필요해요? 어디에 있죠? 내가 한번 찾아볼게요."

최무형 대표는 자원봉사자라는 이름으로 베트남에 따라오긴 했는데

봉사 기간 내내 할 일이 별로 없었다. 의료진이 하는 일에 섣불리 나설 수도 없고, 짐을 풀고 옮기는 일은 젊은 봉사자들이 먼저 나서서 하는 바람에 기회가 없었던 것이다. 나이가 많은 연장자라고 우대를 해서 그러는 것이었지만, 막상 20년 만에 처음으로 휴가를 내서 큰 맘 먹고 따라온 베트남에서 자신이 할 일이 없다고 생각하니 무척이나 답답하던 참이었다. 그러던 중에 갑자기 응급상황이 발생하니까 자기도 뭔가 해야겠다는 생각에 몸이 먼저 움직였던 것이다.

그런데 막상 수술실을 나와서 보니 산소통이 어디에 있는지 도통 보이지 않았다. 베트남 병원 관계자에게 손짓 발짓 해가며 산소통이 어디 있는지 물었더니 1층에 있다고 했다. 그는 단숨에 수술실이 있는 5층에서 1층까지 뛰어 내려갔다. 그러고는 급한 마음에 그 무거운 산소통을 들쳐 메고는 다시 5층까지 뛰기 시작했다.

"여기 헉, 산소 헉, 통…"

"고생하셨는데 어떡하죠? 환자가 깨어났어요."

그가 수술실 밖에서 산소통과 씨름하는 동안 환자가 저절로 깨어난 것이었다. 환자에게 아무 탈이 없었다니 정말 다행이었지만 괜히 땀을 뻘뻘 흘리며 헛고생한 듯해서 멋쩍었다. 그때 갑자기 박수 소리가 디져 나왔다. 비록 최 대표가 들고 뛴 산소통 덕분에 환자가 깨어난 것은 아니지만 그래도 연장자로서 솔선수범을 보인 모습에 다들 감동한 것이었다. 최 대표는 지금도 그때의 일을 잊을 수 없다며 가끔씩 친구들

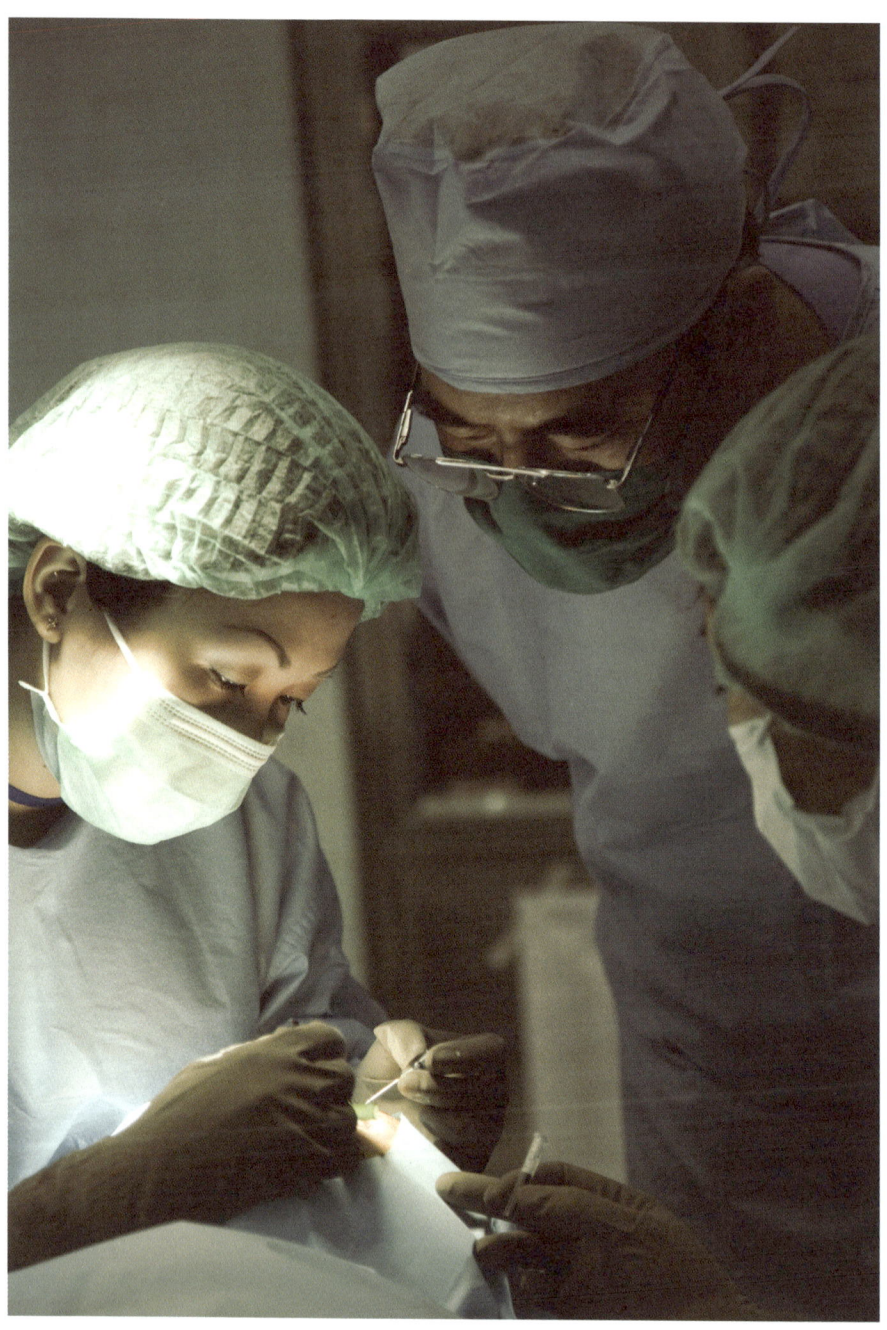

베트남에서의 수술은 한 건 한 건이 모두 살얼음판을 걷는 것처럼 조심스럽다. 정해진 짧은 시간 동안 많은 환자들을 수술하고 돌아와야 하므로 환자를 돌볼 시간이 절대적으로 부족한 탓이다. 하지만 지금까지 큰 사고 한 번 없이 위기의 순간들을 잘 넘겨왔다. 앞으로도 계속 무사고 안전 수술이 이어지도록 의료봉사단 모두가 철저하게 대비하고 세심하게 주의를 기울일 것이다.

앞에서 무용담처럼 이야기하곤 한다. 그런데 당시엔 정신이 없어서 몰랐는데 갑자기 무리를 해서 그런지 그 후로 허리가 아파서 고생을 좀 했다고 한다.

2010년 제16차 의료봉사 때도 한 차례 마취 사고가 있었다. 환자의 부모가 수술 전 금식이라는 의료진의 지시를 어기고 힘든 수술 전에 밥이나 배불리 먹고 수술하라고 아이에게 음식을 주었던 것이다. 만약 사전에 그 사실을 알았더라면 마취를 하지 않았을 텐데 의사소통이 잘 되지 않아 그만 그대로 마취를 해버렸다. 하마터면 큰일날 뻔 했는데, 다행히 신속한 조치로 아이는 무사히 수술실을 나설 수 있었다. 봉사단에게는 다시 한번 기본을 철저히 지키는 것이 얼마나 중요한지를 깨닫게 해준 사건이었다.

베트남에서의 수술은 한 건 한 건이 모두 살얼음판을 걷는 것처럼 조심스럽다. 정해진 짧은 시간 동안 많은 환자들을 수술하고 돌아와야 하므로 환자를 돌볼 시간이 절대적으로 부족한 탓이다. 하지만 지금까지 큰 사고 한 번 없이 위기의 순간들을 잘 넘겨왔다. 앞으로도 계속 무사고 안전 수술이 이어지도록 의료봉사단 모두가 철저하게 대비하고 세심하게 주의를 기울일 것이다.

수줍은 청년
타잉의 선물

백롱민 교수가 타잉을 처음 만난 것은 2000년 5월, 하노이로 제5차 의료봉사를 갔을 때였다. 당시 스무 살의 청년이었던 타잉은 화상으로 인한 안면기형을 갖고 있었는데, 베트남의 한 시민단체 주선으로 한국 의료진을 찾아왔다. 타잉의 상태를 보고 백 교수를 비롯한 의료진들 모두 놀라지 않을 수 없었다. 한국과 베트남에서 그동안 심한 얼굴 기형이나 화상 환자를 많이 봐왔기 때문에 웬만하면 환자의 상태를 보고 놀라는 일이 없는데, 타잉은 지금껏 봐왔던 화상으로 인한 기형 환자들 중에서도 가장 심한 편에 속했다.

타잉이 화상을 입은 것은 열 살 때였다. 그의 부모는 베트남의 여느 부모들과 마찬가지로 가난했기 때문에 하루 종일 일을 하느라 타잉을 돌봐줄 시간이 없었다. 그래서 타잉은 대부분의 시간을 동네 친구들과 어울려 놀면서 보냈다. 어느 날, 타잉과 친구들은 우연히 불발탄 하나를 발견하게 되었다. 그것은 변변한 장난감 하나 없이 놀던 아이들의 호기심을 자극하기에 충분했다. 아이들은 불발탄을 가지고 놀다가 무심코 화롯불에 던져 넣었고, 그것이 터지면서 옆에서 구경하고 있던 타잉의 몸에 불이 붙었다. 이 사고로 타잉은 상반신 전체에 3도 화상을 입었다. 이렇게 전쟁이 남긴 상처는 베트남 국토의 속살 깊숙이 곳곳에 남아 있었다.

전쟁의 상처는 지금도…

더 가슴 아픈 일은 사고를 당하고도 제대로 된 치료를 받지 못했다는 것이다. 화상을 입은 타잉은 피부가 녹아 턱과 가슴이 붙어버리고 오른손의 세 손가락도 완전히 붙어버렸다. 그 상태로 타잉은 10년이란 세월을 방치된 채 살아왔다. 한창 성장기라 몸은 자라는데 턱과 가슴이 붙은 채로 있다 보니 안면 근육이 아래로 심하게 당겨져 턱과 치아가 변형되었고 눈도 감기지 않는 상태였다.

민감한 사춘기 시절을 그런 모습으로 지내야 했던 타잉에게는 몸의 상처보다도 마음의 상처가 더 컸다. 화상을 입던 그 순간의 뜨거움보다도 어쩌면 자신을 괴물 바라보듯 쳐다보는 사람들의 시선이 더 뜨거웠을지도 모른다. 사람들 앞에 나서는 것 자체가 그에게는 큰 고통이었을 것이다. 그런 탓에 타잉은 몹시 낯을 가리고 수줍음을 많이 타는 성격이 되고 말았다. 하노이에서 처음 만난 타잉은 의료진과 눈도 잘 마주치지 못하고 묻는 말에도 짧게 겨우 몇 마디 할 뿐이었다.

백롱민 교수는 베트남 현지에서 수술이 가능할지 의료진들과 함께 타잉의 상태를 살폈다. 당시 같이 갔던 인제대 마취과의 김문철 교수는 목과 가슴이 붙은 상태에 얼굴뿐만 아니라 기도까지 변형이 되어서 입과 목을 통해 기도에 튜브를 삽관하는 일반적인 마취 방법을 쓸 수 없다며 수술에 난색을 표했다.

"마취가 되어야 수술을 할 텐데 그럴 수 없다니 수술을 포기하는 수밖에 없었습니다. 베트남 현지 병원의 시설도 그렇고, 우리가 챙겨간 수술 장비로는 구순구개열이나 합지증 등 비교적 간단한 수술만 할 수 있었습니다."

당시 여러 가지 상황이 타잉처럼 상태가 심각한 환자를 수술하기엔 역부족이었다. 그 사실을 타잉에게 말했더니 그의 얼굴에 실망하는 모습이 역력했다. 한국에서 유능한 수술팀이 와서 얼굴기형 환자들을 무료로 수술해준다는 말을 듣고 찾아올 때에는 일단 오기만 하면 당장이라도 치료를 받을 수 있을 것이라 생각했던 모양이다. 타잉이 실망하는 모습을 보니 백롱민 교수의 마음도 좋지 않았다. 그래서 그에게 한 가지 약속을 했다.

"지금 당장 여기서는 힘들지만 한국에 가면 가능합니다. 우리가 초청

할 테니까 한국에서 방법을 찾아봅시다."

그렇게 백롱민 교수는 희망의 말을 남기고 한국으로 돌아왔다. 세민 얼굴기형돕기회의 베트남 의료봉사는 현지에서 수술하는 것을 원칙으로 하지만, 간혹 현지에서 수술이 불가능한 중증 얼굴기형 환자들의 경우에는 한국으로 초청해 수술을 하기도 했다. 타잉도 그런 경우였다.

다음 해 2월, 드디어 타잉과의 재회가 이루어졌다. 이제 남들처럼 정상적인 모습으로 돌아가 평범한 삶을 살고 싶다는, 소박하지만 너무나 간절한 꿈에 부푼 타잉. 그가 국내 방송국의 한 메디컬 다큐팀과 동행해 한국에 들어왔다. 타잉은 곧바로 인제대 백병원에 입원해 수술을 위한 정밀 검사를 받았다. 우려했던 것처럼 입과 목을 통한 기도 삽관은 불가능했다. 김문철 교수가 특수 내시경과 기구의 도움으로 비강을 통해 마취를 하고 수술에 들어갔다. 우선 목과 가슴이 붙어 있는 부위를 절개하고 허벅지에서 피부 일부를 떼어 이식하는 수술을 했다. 또한 변형된 치아와 턱을 교정하는 수술도 함께 했다.

수술 후, 마취가 풀리고 통증이 시작되자 타잉은 어린 아이처럼 울기 시작했다. 아픔도 아픔이지만 낯선 땅에서의 외로움과 두려움이 더 컸는지 계속 집에 가겠다는 말만 되풀이했다. 다행히 수술은 성공적이었다. 한 번의 수술로 완벽할 수는 없지만 그래도 지금까지 타잉을 괴롭히던 큰 짐의 일부를 내려놓을 수 있게 되었다. 수술을 집도한 백롱민 교수도 매우 만족스러워했다.

2박 3일을 달려
미소 가득한 세상 속으로

　문제는 후속치료였다. 베트남으로 돌아가서도 수술 부위가 아물 때까지 적절한 치료가 계속되어야 했다. 또한 변형이 심했던 아래턱과 치아에 대한 추가적인 교정도 필요했다. 백롱민 교수는 이 문제를 베트남 108국군중앙병원 성형외과의 닥터 안에게 부탁하기로 했다.

　"한국에서 연수를 받은 닥터 안에게 맡기면 안심이 될 것 같았습니다. 대신 2차 수술은 다음 번 베트남 의료봉사 때 우리가 다시 해주기로 했지요."

　그렇게 타잉을 베트남으로 떠나보내고 몇 달의 시간이 흘렀다. 세민얼굴기형돕기회의 제6차 의료봉사단이 호치민의 다오175병원에 도착했다. 수술을 받기 위해 호치민 근처의 크고 작은 마을에서 찾아온 얼굴기형 환자들 속에 타잉도 있었다. 베트남 북부에 위치한 타잉의 고향마을에서 호치민까지는 기차로 꼬박 2박 3일이 걸린다. 그 먼 길을 타잉은 기쁜 마음으로 달려온 것이다.

　몇 달 사이, 타잉의 모습은 몰라보게 달라져 있었다. 아직 눈도 잘 안 감기고 입 모양은 여전히 부자연스러웠지만 수술 전과 비교하면 훨씬 호전된 모습이었다. 타잉도 그런 자신의 모습이 만족스러운지 전보다 표정도 밝아지고 사람들에게 먼저 말도 걸었다. 처음 봤을 때와 비교하면 확실히 자신감이 생긴 모습이었다. 동네 대장간에서 일도 배우고 여자 친구도 생겼다고 한다. 사람들의 시선을 피해 구석진 곳으로 숨기에 바빴던 타잉이 이제 스스로 세상을 향해 다가서기 시작한 것이다.

타잉의 두 번째 수술. 첫 번째 수술 때와 마찬가지로 마취가 문제였다. 외형적으로는 붙어 있던 목과 가슴이 떨어지고 목선이 드러났지만 오랜 세월 그 안에서 변형된 기도는 어쩔 수 없었다. 결국 수술 날짜가 하루 연기되었다. 다음 날, 정맥에 마취제를 놓는 방법으로 마취를 하기로 했다. 마취제 양을 조절하고 계속 상태를 지켜보면서 수술에 들어갔다. 이번 수술에서는 양쪽 눈 밑에 당겨진 피부를 절개해 눈이 감길 수 있도록 하고 아직 완전하지 못한 입 모양도 보다 정상적인 모습이 되도록 고쳤다. 애초에 백롱민 교수는 붙어 있는 타잉의 오른손 손가락부터 떼주는 수술을 하려고 했다. 그런데 타잉은 한사코 얼굴 수술을 먼저 해달라고 했다. 붙어 있는 손가락으로 인한 불편함보다 좀 더 잘생겨지고 싶은 바람이 더 컸던 모양이다. 왜 아니겠는가. 지난 10년간 한없이 움츠러들었던 자신의 모습에서 하루라도 빨리 나아지고 싶은 마음이 그만큼 간절했던 것이다. 그런 간절함 때문에라도 백롱민 교수는 최선을 다해 수술을 했다. 그렇게 베트남에서의 2차 수술도 무사히 잘 끝났다.

열흘 동안의 의료봉사가 끝나고 한국으로 돌아오기 전날, 수술을 받고 회복중인 환자들을 마지막으로 둘러보는데 복도에 서있는 타잉이 수

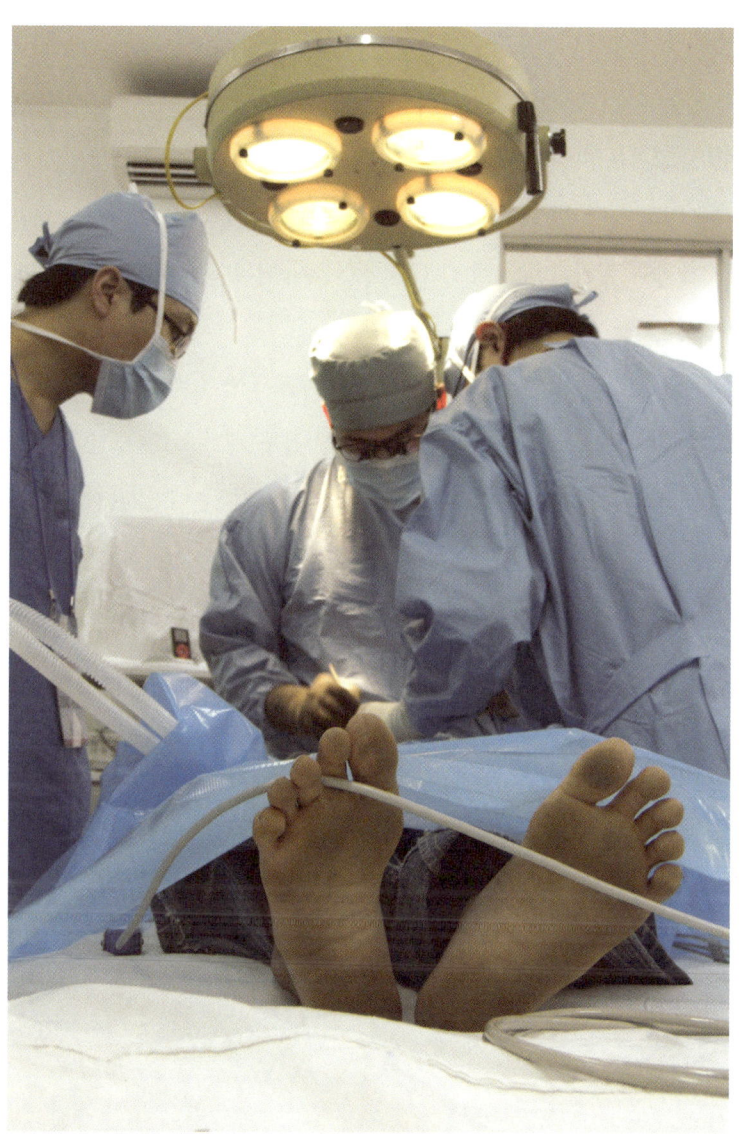

줍은 모습으로 다가왔다. 그러더니 뜬금없이 비닐봉지로 꽁꽁 싸맨 무언가를 건네주는 것이었다. 백롱민 교수가 뭐냐고 물었더니 땅콩이라고 했다. 고마운 마음을 어떻게든 표현하고 싶은데 가난한 형편에 가져올 것은 없고 집에 있던 땅콩을 한 봉지 챙겨온 모양이었다.

"나 주려고 가져온 거예요? 진짜 귀한 선물이네. 고마워요. 잘 먹을게요."

타잉의 소박한 선물에 백롱민 교수는 마음이 짠해졌다. 수술을 받기 위해 떠나는 먼 길, 집에서부터 소중히 선물을 챙겨온 그 정성이 고스란히 전해졌기 때문이다. 수줍은 청년 타잉이 그의 손에 들린 땅콩봉지처럼 소박하게 웃었다. 그가 준 선물은 땅콩이 아닌 그 환한 미소 자체라는 걸 그도 알까? 백롱민 교수는 타잉이 준 선물을 영원히 잊지 못할 것이다.

사랑의 웃음꽃이 피었습니다

    베트남의 병원은 창고 같았다. 타일이 드러난 벽에다 그대로 페인트 칠을 해놓은 수술실을 비롯해 모든 의료시설들이 정말 열악했다. 그런 상황에서 의료진들은 '이가 없으면 잇몸으로 산다'는 결연한 생각으로 수술에 임한다.

    언젠가 의료진들이 수술을 마치고 나오는데 한 환자의 보호자가 꽃을 들고 서 있었다. 그 모습을 보고 그들은 수술실에서 고생했던 기억을 다 잊었다. 의료봉사단의 초창기 멤버인 김진오 원장은 그 순간의 감동을 이렇게 회상했다.

    "베트남에서는 꽃이 굉장히 비쌉니다. 그런데 얼마나 고마운 마음을 전하고 싶었으면 어려운 형편에 그 비싼 꽃을 사가지고 왔겠습니까. 그런 생각을 하니 가슴이 먹먹해지더군요."

한여름의 산타클로스

　베트남에서 만난 수많은 환자들. 세민얼굴기형돕기회 의료봉사단에게는 그들 모두가 한 명 한 명 다 특별한 환자들이다. 물론, 유독 기억에 남는 환자들도 있다. 백롱민 교수는 양손에 심한 화상을 입은 한 어린이를 잊을 수 없다. 화상 정도가 심한 환자의 경우 한 번에 수술을 끝내지 못한다. 그래서 베트남을 방문할 때마다 단계적으로 수술을 진행했다. 그렇게 화상으로 붙어버린 손가락을 하나하나 떼어내고 오그라든 손가락 관절을 모두 펴서 정상적인 기능을 회복하는 데 3년이 걸렸다.

　아이와 그의 부모는 한 해 한 해 손가락이 조금씩 좋아지는 것을 보면서 매년 멀리 한국에서 의료봉사단이 오기만을 오매불망 기다렸다. 한여름에 나타난 산타처럼 예쁜 손가락을 선물해준 한국 의료진에 대한 고마움을 잊지 못한 그들은 모든 수술이 끝나고 더 이상의 치료가 필요 없게 되었을 때에도 그 설레는 기다림을 멈추지 않았다. 그들은 세민얼굴기형돕기회 의료봉사단이 베트남을 방문할 때마다 먼 길도 마다하지 않고 한 걸음에 달려왔다. 매년 수술을 하는 지역과 병원이 다른데도 그

▶ 수술이 끝나면 환자의 가족들은 아직 마취에서 덜 깬 아이의 얼굴을 이리저리 살펴보느라 정신이 없다. 그러다 이내 수술을 받기 전과 확연히 달라진 모습에 놀라워하며 기쁨을 감추지 못한다. 아이가 몰라보게 예뻐졌다며 좋아하는 그 순박한 환희의 순간을 어찌 말로 다 표현할 수 있겠는가.

136

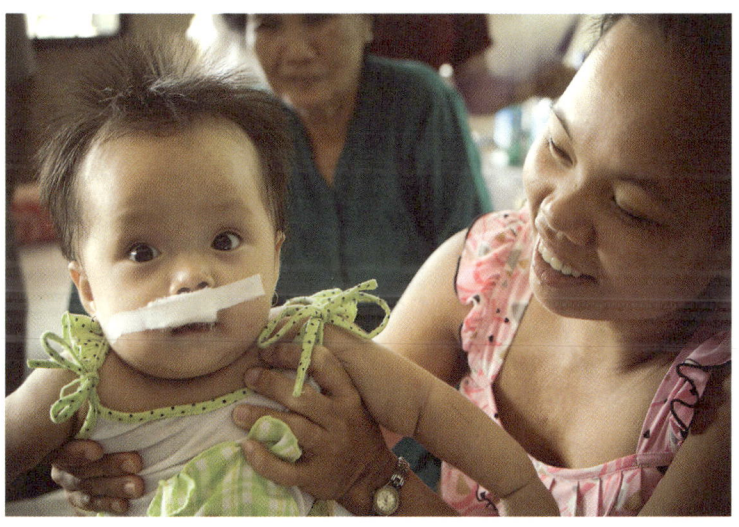

때마다 어떻게든 의료봉사단이 있는 곳을 수소문해서 찾아왔다. 그리고는 별다른 얘기도 없이 그저 조용히 자신들이 집에서 직접 재배한 농산물을 선물로 놓고 갔다. 그들은 그렇게라도 자신들이 받은 감동과 고마움을 표시하고 싶어했다. 작은 선물을 사이에 두고 흐뭇한 웃음꽃이 피어나는 순간이다.

사실 봉사단의 의료진들은 하루 종일 수술실에서 수술에만 집중하기 때문에 그곳이 한국인지 베트남인지 의식하지 못할 때가 많다. 그러다가도 수술이 끝나고 복도로 나서는 순간 '아, 지금 우리는 베트남에 와 있구나!' 하는 사실을 너무나 선명하게 깨닫는다. 여기저기서 낯선 베트남어가 들려오기 때문이다. 그 중 유독 귀에 쏙 들어오는 말이 있다.

"깜언! 깜언!"

'고맙다'는 뜻의 베트남어인데, 베트남어를 모르는 사람도 그 말의 뜻을 직감적으로 알아차릴 수 있다. 비록 말은 통하지 않아도 선한 눈망울로 수술실을 나서는 의료진들을 바라보는 그 눈빛에서 그들이 얼마나 고마워하고 있는지 그 진심이 충분히 전해지기 때문이다.

수술이 끝나면 환자의 가족들은 아직 마취에서 덜 깬 아이의 얼굴을 이리저리 살펴보느라 정신이 없다. 그러다 이내 수술을 받기 전과 확연히 달라진 모습에 놀라워하며 기쁨을 감추지 못한다. 아이가 몰라보게 예뻐졌다며 좋아하는 그 순박한 환희의 순간을 어찌 말로 다 표현할 수 있겠는가. 그 순간만큼은 백 마디 말보다 더 강한 교감이 환자와 그 가족들, 그리고 그들을 수술한 의료진들 사이에 흐른다. 이럴 땐 국적 불문, 나이 불문, 통역도 필요 없는 범우주적 언어가 사람과 사람들 사이를 자연스레 오간다.

베트남의 병원 복도에서 엄마 품에 안겨 울다 지쳐 잠든 얼굴기형 아기들을 보면서 한국에 떼어놓고 온 자신의 젖먹이 아기를 떠올리며 눈시울을 붉히는 젊은 엄마 아빠 봉사자들. 먹을 것이 마땅치 않아 아이에게 설탕물을 만들어 먹이는 베트남 엄마를 보면 가슴 한 구석이 아리고, 또 한편으로는 한국에 두고 온 자기 자식이 밥은 잘 먹고 있을까를 생각하게 된다. 한국 사람이나 베트남 사람이나, 의료진이나 환자의 보호자들이나 제 자식을 아끼는 애틋한 마음은 똑같다. 억지로 베푸는 것이 아니라 자연스럽게 우러나오는 것이다. 바로 그런 사랑의 마음이 세계 공통 언어가 아닐까.

베트남에서 수술이 끝나면 봉사자들이 준비해 간 사탕을 아이들에게 나눠주고 간단한 마술이나 풍선 아트 공연을 보여주기도 한다. 그러면 수술에 대한 공포와 마취가 풀린 후 찾아오는 통증 때문에 힘들어하던 아이들의 얼굴이 어느새 호기심으로 가득 찬다. 세계 어느 곳을 가나 아이들의 동심은 다 똑같다. 진심을 다해 사랑을 전하면 해맑은 함박웃음을 지어 보인다. 그 미소가 이 세상 어떤 꽃보다도 아름답다. 그 웃음이 다치지 않도록 세민얼굴기형돕기회는 언제나 변치 않는 사랑의 의술을 펼쳐나갈 것이다.

의술(醫術)에는 뛰어난 기술(技術)이 필요하다.
거기에 사랑과 간절함, 그리고 생명에 대한 경외심이 더해지면
그것은 또 하나의 기적을 일구어내는 인술(仁術)이 된다.

착한
성형수술
이야기

아름이의
꿈

살면서 사람들은 얼마나 많은 미소를 지을까? 때가 되면 배가 고프고 졸린 것처럼, 기쁘고 행복한 기분이 될 때 얼굴 가득 미소가 지어지는 것은 아주 자연스러운 일이다. 때론 너무 당연해서 그것이 갖는 소중한 의미를 잊고 살기도 한다. 그런데 이 당연한 일들을 제대로 할 수 없는 사람들이 있다. 바로 선천적 얼굴기형 환자들이다.

백롱민 교수는 그동안 수많은 얼굴기형 환자들을 만나고 수술을 해왔다. 너무 많아서 그 이름을 일일이 기억하지는 못하지만 환자 얼굴을 보면 금방 기억이 난다. 성형외과 의사들은 자신이 만들어준 그 얼굴의 미소를 절대로 잊지 못한다.

그가 맡아서 수술을 한 환자 중에 양아름(가명)이라는 여자 아이가 있었다. 코와 입에 선천적인 기형을 가진 아이였는데, 아주 어렸을 때 부모로부터 버려져 보육원에서 생활하고 있었다. 보육원 선생님들이 엄마와 같은 마음으로 잘 돌봐주었지만 남들과 다른 이목구비를 가진 아름이는 아이들과 쉽게 어울리지 못했고, 남들 앞에 나서서 자신의 의견을 말하는 것도 어려워할 만큼 힘든 나날을 보냈다. 특히 학교에 입학하고 나서는 더 고통스러워했다.

"학교에 가기 싫어요. 안 가면 안 돼요?"

"애들이 많이 괴롭히니? 그래도 학교에 안 갈 수는 없어."

힘들어하는 아름이를 옆에서 지켜보는 보육원 선생님들의 마음도 편치는 않았다. 어쩌다 손님들이 보육원을 방문해도 앞으로 나서지 못하고 구석에서 고개를 푹 숙이고 있던 아름이는 사람들과 눈도 제대로 맞추지 못하고, 묻는 말에도 기어들어가는 목소리로 겨우 한 마디씩 대답할 뿐이었다. 보육원 선생님은 이런 아름이가 과연 학교에 잘 적응하며 정상적으로 살아갈 수 있을까 걱정이 한가득이었다.

"아름아, 넌 꿈이 뭐니?"

아름이는 머뭇거리며 대답하곤 했다.

"애들이랑 밖에서 뛰어놀고 싶어요."

꿈이라고 하기엔 너무나 평범하고 작은 꿈. 하지만 얼굴기형을 가진 아름이에게는 그 어떤 것보다도 절실한 꿈이었다. 그리고 마침내 아름이의 꿈이 이루지게 되었다. 여러 후원자들과 세민얼굴기형돕기회(Smile For Children), 그리고 백병원의 도움으로 아름이의 수술이 결정되었던 것이다.

평범한 일상이 간절한 꿈인 소박한 아이들

수술을 위해 병원에 입원한 아름이.

"선생님, 저도 이제 예쁜 코와 입을 갖게 되는 거죠?"

아이는 무척 설레어했다. 하지만 막상 수술 날이 되니까 겁을 많이 먹은 것 같았다. 이미 두 차례의 수술 경험이 있던 아름이는 수술 후 마취가 깰 때의 그 아픔을 잊지 않고 있었던 것이다.

"언니, 나 많이 아프면 어떡하죠? 무서워요."

아름이는 겁먹은 얼굴로 담당 간호사의 옷자락을 붙잡았다.

"걱정 마. 의사 선생님이 안 아프게 잘 해주실 거야. 그리고 언니도 옆에 꼭 붙어 있을게. 우리 아름이, 씩씩하게 잘 해낼 수 있지?"

담당 의사와 간호사들의 따스한 보살핌에 아름이는 용기를 얻는 듯했다. 그리고 마침내 수술이 이루어졌다. 무사히 수술을 마치고 회복실로 옮겨진 아름이는 마취에서 덜 깨어 비몽사몽인 채로 그 옆을 지키고 있는 간호사의 손을 더듬었다. 간호사가 아름이의 손을 꼭 잡아주었다.

"고맙습니다."

아름이는 아프다고 울면서도 고맙다는 말을 잊지 않았다. 어린 나이에 상처를 많이 받은 탓인지 그 상처 사이로 마음이 웃자라, 아름이는 여느 또래의 아이보다 훨씬 의젓하고 성숙했다.

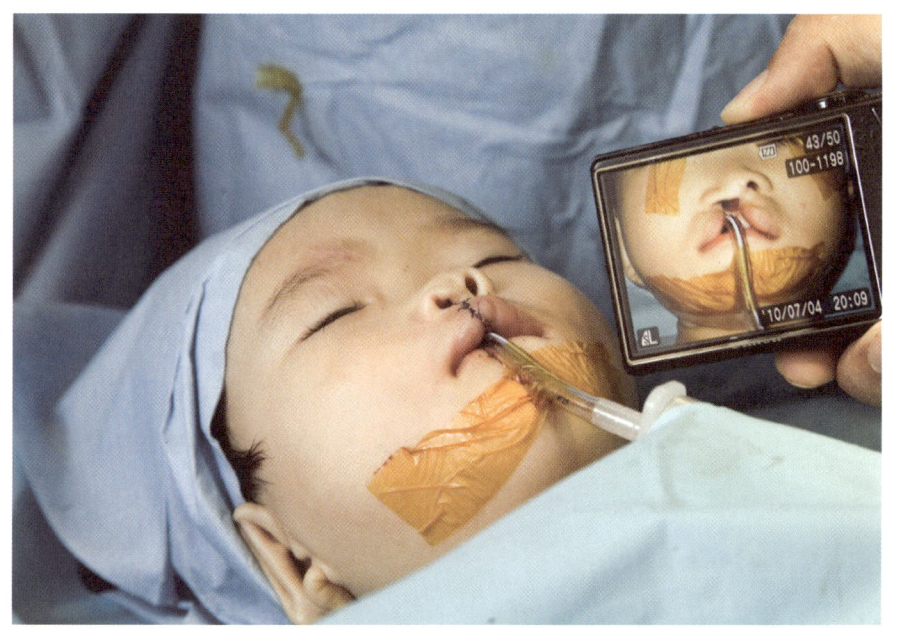

꿈이라고 하기엔 너무나 평범하고 작은 꿈.
하지만 얼굴기형을 가진 어린 천사들에게는
그 어떤 것보다도 절실한 꿈입니다.
세민얼굴기형돕기회가
얼굴기형 아이들에게 선물하고 싶은 것은
남들보다 특별히 더 예쁘고 아름다운 미소가 아니라
남들처럼 평범하고 편안한 미소입니다.

퇴원하는 날, 아름이와 아름이의 선생님들이 정성들여 자필로 적은 감사의 편지를 백롱민 교수팀에게 건네주었다. 아름이는 편지에서 이제는 모든 일에 자신감을 가지고 살아가겠다고 했다. 백롱민 교수는 고맙다는 백 번의 말보다 그 말 한마디가 더 듣기 좋았다. 선생님들이 쓴 편지에도 인상적인 구절이 있었다.

"이 험한 세상에서 아름이가 더욱 더 자신있게 생활할 수 있도록 티 아닌 티를 가려주신 선생님, 감사해요. 가질 수 없었던 것을 가지게 해주서서 아름이가 더 기뻐할 거예요. 선생님은 진짜 우리 아름이를 구원해주신 거예요. 그동안 겪지 말아야 할 고통을 겪으면서 아름이가 많이 힘들어 했어요. 그런데 이제는 힘들어 하지 않아도 될 것 같아요."

비록 부모로부터는 버려졌지만 세상으로부터는 버려지지 않도록 마음을 졸이며 아름이를 돌본 보육원 선생님들의 따스한 마음이 고스란히 전해지는 편지였다. 백롱민 교수는 이러한 순간에 수술한 보람을 느낀다. 얼마 후 아름이의 소식이 전해졌다. 항상 아이들의 따돌림을 걱정하며 기죽어 지내던 아름이가 학교에서 이전보다 훨씬 활기차고 재미있게 생활하고 있다고 했다.

많은 선천적 기형 환자들은 수술 후 삶의 변화를 겪는다. 그런데 그 삶의 변화는 극적이라기보다는 오히려 평범한 일상으로의 복귀처럼 보인다. 손가락이 붙은 합지증을 앓던 아이가 수술 후 손가락을 이용해 수셈을 하면서 신기해한다는 이야기, 집에서만 지내다가 이제 뭔가를 배워

보려고 학원에 등록했다는 어느 소녀의 이야기, 그리고 취직해 첫 월급을 받았다며 조그만 선물을 보내온 청년 등 그들의 이야기는 하나 같이 작고 소박하다. 그래서 더 감동적이다.

그들은 평범한 삶을 살면서 전에는 꿈꾸지 못했던 것을 꿈꾸기 시작했다고 수줍게 고백한다. 그런데 그 꿈이라는 것이 거창한 게 아니다. 학교에 다니면서 친구들과 어울려 노는 것, 졸업 후 원하는 직장 생활을 하는 것, 돈을 벌어서 고생하신 부모님께 효도하는 것, 좋은 사람 만나 결혼하고 건강한 아이 낳아 잘 기르는 것 등등이다. 우리가 살면서 당연히 누리는 것들을 그들은 간절히 소망하고 있는 것이다.

누구에게는 너무나 당연한 것들이 또 다른 누구에게는 너무나 간절히 해보고 싶은 것인 경우가 많다. 대부분의 사람들이 행복해지기 위해서는 뭔가 특별한 것을 갖거나 이루어야 한다고 생각하지만, 어쩌면 가장 큰 행복은 평범하고 일상적인 것, 누구나 당연히 누려야 하는 그런 것들이 아닐까.

세민얼굴기형돕기회가 얼굴기형 아이들에게 선물하고 싶은 것은 남들보다 특별히 더 예쁘고 아름다운 미소가 아니라 남들처럼 평범하고 편안한 미소다. 그들의 미소를 보면서 행복의 기준에 대해서 다시 한번 생각해보게 된다. 너무 높은 행복의 기준이 오히려 사람들을 불행하게 만들고 있지는 않은지 돌아봤으면 한다.

얼굴이 아닌
마음의 상처를 꿰맨다

성형외과 의사를 흔히 '메스를 든 정신과 의사' 라고 표현한다. 신체적 콤플렉스를 치료함으로써 열등감으로부터 벗어날 수 있게 만들어주기 때문이다. 그런 의미에서 성형외과 의사들은 환자들의 얼굴뿐만 아니라 마음의 상처까지도 꿰매는 직업이라는 자부심을 스스로 가져야한다. 특히 얼굴기형 환자들이 수술로 인해 받는 위안은 단순한 열등감극복 차원이 아니라 새로운 삶을 열어준다는 점에서 더욱 감동적이다.

백롱민 교수가 수술한 환자 중에 강원도에서 올라온 쌍둥이 형제가 있었다. 얼굴 생김새가 똑같은 두 아이는 얼굴의 기형까지도 똑같았다. 서울에 올라와 수술을 받기까지 아이들도, 그 부모들도 속 시원하게 큰 소리로 웃어본 적이 없었다. 아이들이 수술을 받기 전에는 그 흔한 사진 한장도 맘 편히 찍지 못했다. 그랬던 아이들이 수술을 받고 돌아간 후 완전히 달라졌다. 쌍둥이 부모는 해마다 크리스마스 때가 되면 잊지 않고 카

드를 보내오는데, 그 카드의 문구들 속에는 그들의 행복한 미소가 고스란히 묻어 있다.

"첫 눈이 내렸습니다. 그 눈을 입에 넣고 까르르 웃으며 신나게 뛰어노는 녀석들을 보고 있으면 참으로 행복합니다. 아이들은 웃고 사진도 찍고, 건강하게 아주 잘 지내고 있습니다. 선생님, 우리에게 희망을 주셔서 정말 감사합니다."

진정한 치유란 바로 이런 것이 아닐까. 성형수술에는 이러한 힘이 있다. 그런데 사람들은 성형외과라고 하면 소위 쌍꺼풀 수술, 코 높이는 수술, 턱 깎는 수술 등의 미용성형을 떠올린다. 그러나 이것은 성형외과의 일부분만을 본 것이다. 성형수술은 크게 얼굴기형을 수술하는 재건성형수술과 일반적으로 생각하듯이 얼굴을 아름답게 만들기 위한 미용성형수술이 있다. 개인병원의 경우에는 미용성형 비율이 월등히 높지만 대학병원에서는 8:2 정도로 재건성형 비율이 높다.

백세민 박사가 시작하고 발전시킨 광대뼈, 턱뼈성형수술

성형외과라는 과목이 처음 생긴 초창기 때만 하더라도 재건성형과 미용성형의 경계가 없었다. 성형외과가 생긴 유래를 거슬러 올라가봐도 알 수 있다. 성형외과가 발달하게 된 계기는 제1차 세계대전이었다. 당시엔 지금과 달리 군인들이 참호에서 얼굴만 내놓고 싸웠다. 그러다보니 총에 맞아 안면부 손상을 입는 군인들이 많았다. 그렇게 얼굴이 망가진 군인들의 얼굴뼈를 복원하면서 성형수술 기술이 발전했다. 그러다 전쟁이 끝난 후에 부상을 입지 않은 정상인들 얼굴 상태를 다듬는 데 이 수술기법을 쓰면서 오늘날의 미용성형이 시작되었다. 특히 암 수술 등으로 상한 얼굴을 복구하거나 선천적인 얼굴기형 환자들에게 성형수술은 제2의 삶을 살 수 있는 돌파구를 마련해준다는 점에서 각광받았다.

그런데 어느 순간부터 성형기술이 발달하면서 미용성형을 받고자 하는 정상인들이 늘어났다. 우리나라의 성형률은 전세계 2위를 차지한다. 우리나라의 성형기술이 그만큼 우수하기에 가능한 일이다. 하지만 무분별한 성형의 범람은 성형외과 의사의 입장에서도 우려스러운 부분이 있다.

"너도나도 쉽게 미용성형을 결정하게 만드는 데에는 외모지상주의의 사회 분위기도 한몫 하고 있는 듯합니다."

백롱민 교수는 특히 최근 유행하고 있는 안면윤곽성형술에 대해서는 단호한 태도를 취한다.

"최근에는 V라인의 얼굴이 아름답다는 인식이 확산되면서 얼굴윤곽을 바꾸기 위한 턱수술이 유행입니다. 마치 사람들은 성형이 무슨 마법의 기술이라도 되는 양 쉽게 생각하는데, 이러한 풍조가 생긴 데에는 우리 성형외과 의사들이 안면윤곽성형술에 대해서 올바르게 알리지 못한 탓도 있는 것 같습니다."

안면윤곽성형술이란 얼굴 골격의 모양이나 위치를 바꾸어 얼굴 전체 모습의 변화를 꾀하는 수술을 말한다. 여기에 포함되는 대표적 수술 가운데는 이미 일반인에게도 친숙한 단어가 된 '광대뼈성형수술'과 '턱뼈성형수술'이 있다. 이들 수술은 둘 다 1980년대 초에 백세민 박사가 처음 시작하고 발전시켜 전세계에 널리 퍼뜨린 한국산 성형수술의 1, 2호이다. 이후 많은 성형외과 의사들이 다듬고 발전시켜 지금은 그 수준이 거의 예술적 경지에 이르렀다고 해도 과언이 아니다.

광대뼈성형수술은 머릿속이나 입 속, 또는 귀 앞 절개 등을 통해 광대뼈를 잘라 바람직한 위치로 이동하여 다시 고정하는 수술로 광대뼈의 크기, 위치, 모양 등을 바꿔 조화로운 얼굴 윤곽을 얻고자 할 때 하는 수술이다. 턱뼈성형술은 입 속 절개를 통해 턱뼈각을 중심으로 턱뼈의 바깥면을 자르거나 갈아서 턱뼈의 외형을 바꾸어주는 수술이다. 이들 수술은 전신마취를 해야 하고 수술 부위 근처에 중요한 혈관이나 신경들이 있어 출혈 등 수술중 심각한 문제가 생길 수도 있다. 하지만 숙련된 전문의가 하면 위험을 피해갈 수 있어 비교적 안전한 수술에 속한다.

이러한 수술을 하기 위해서는 성형외과의 기본적인 기술과 지식을 완전히 배운 바탕 위에 두개악안면성형외과라는 특수외과 분야에 대한 철저한 교육과 수련이 필수적이다. 특히 얼굴뼈뿐만 아니라 두개안면부 전체의 신경, 혈관과 기타 중요 장기에 대한 철저하고 깊은 이해가 있어야 하므로 이 분야의 전문가가 되려면 의과대학 졸업 후 최소한 6년 이상의 수련 교육과정이 필요하다.

흔히 안면윤곽성형술이라고 하면 얼굴 크기를 줄이는 수술, V라인을 만드는 수술, 얼굴을 달걀형으로 만드는 수술로 생각하지만 꼭 그런 것만은 아니다. 얼굴뼈의 기본적인 구조와 중요 신경, 혈관 등을 잘 보존한 채 수술해야 하므로 실제 뼈를 자르고 갈고 옮길 수 있는 양이 생각보다 크지는 않다. 여기에 사람마다 턱뼈나 광대뼈의 모양도 천차만별이어서 모든 사람이 다 누구의 얼굴 모양처럼, 누구의 턱 모양처럼 될 수는 없다.

아름다움에 대한 인식은 사람마다 다르다. 예를 들어 서구에서는 어느 정도의 턱뼈각과 광대뼈 돌출이 있는 얼굴을 더 선호해서 오히려 돌출을 더 강조하는 수술을 주로 한다. 결국 모든 미용성형에 똑같은 잣대를 적용할 수 없음을 환자들 스스로가 인식해야 한다.

얼굴의 아름다움은 조화에서 생긴다. 눈 코 입 등 각각의 모양도 영향을 미치겠지만 무엇보다도 전체적인 균형과 조화가 아름다운 얼굴을 만드는 데 결정적 역할을 한다. 안면윤곽성형수술은 이 조화와 균형에 도움을 주는 수술이지, 모든 사람의 얼굴을 똑같은 모양으로 만드는 수술은 아니다.

백롱민 교수는 성형외과 의사로서 얼굴기형 수술로 한 사람의 삶을 구하는 인술(仁術)을 펼치는 것에 커다란 자부심을 느낀다. 그는 많은 후배

의사들도 그러한 자부심을 가지고 올바른 인술의 길을 찾기를 바란다. 백롱민 교수를 비롯한 대다수의 성형외과 의사들에게 성형수술은 누군가의 삶에 희망을 선물하는 '착한 수술'이다. 그 선한 의도가 개인의 욕심에 의해 왜곡되고 매도되는 일은 없어야 할 것이다.

좋은 의사가 되기 위한
세 가지 조건

백세민 박사가 인제대 성형외과에 있을 때 제자들에게 항상 강조했던 말이 있다.

"환자에게는 사랑을, 학문에는 열정을, 선배에게는 존경을!"

그는 이 말을 인제대 성형외과 의국에 새로 들어오는 신입들에게 서약의 의미로 외치게 하곤 했다. 간단한 말이지만 이 세 가지 말에는 의사로서 살아가는 데 핵심이 되는 키워드가 모두 들어 있다.

흔히들 의사라면 대범하고 냉철한 사람으로 여긴다. 하지만 알고 보면 한없이 부드럽고 감성적인 사람들이 많다. 물론 의사에게는 두 가지 성향이 모두 필요하다. 수술실에 들어가서는 어느 때보다 차가운 이성과 한 치의 오차도 없는 실력이 있어야 한다. 하지만 수술실 밖으로 나와 환자들을 대할 때는 더없이 따뜻하고 친절해야 한다.

"저는 후배들에게 항상 환자들에게 웃는 얼굴로 대하라고 말합니다.

의사의 권위는 그 사람의 실력과 열정에서 나오는 것이지 환자 앞에서 고압적인 태도를 취한다고 해서 생기는 것은 아니기 때문입니다."

백세민 박사로부터 좋은 의사가 되기 위한 훈련을 받은 백롱민 교수는 자신이 배운 것을 고스란히 후배와 제자들에게 전달하고 있다.

"좋은 의사가 되기 위해서는 한번쯤 환자의 입장이 되어보는 것도 좋을 것 같습니다. 내가 환자나 환자 가족의 입장이라면 의사에게서 어떤 모습을 보고 싶을까를 상상해보는 것이죠."

백롱민 교수의 제자이면서 세민얼굴기형돕기회의 베트남 의료봉사에 꾸준히 참여하고 있는 김용규 원장은 환자와 환자 가족의 입장을 누구보다도 잘 알고 있다. 그의 동생이 구순열 환자, 소위 언청이였기 때문이다. 어렸을 때 모 병원에서 수술을 받았는데 썩 잘된 편은 아니었다. 그런데 나중에 백롱민 교수가 수술을 다시 해주었다. 결과는 매우 만족스러웠다. 그렇게 의사와 환자의 가족으로 처음 만났던 백롱민 교수와 김용규 원장은 다시 스승과 제자로 만나 같은 일을 하는 사이가 되었다.

"제 동생을 수술해주신 선생님의 제자가 된 것이 참 신기합니다."

"그래, 우리 인연도 보통 인연은 아니다. 그치?"

두 사람은 가끔 이런 대화를 나눈다. 아마도 김용규 원장이 성형외과 의사가 되기로 마음을 먹은 데는 동생의 영향도 컸을 것이다.

"김용규 원장은 실력도 있지만 환자와 환자 가족의 마음을 누구보다도 잘 알기 때문에 분명 좋은 의사가 되리라고 확신합니다."

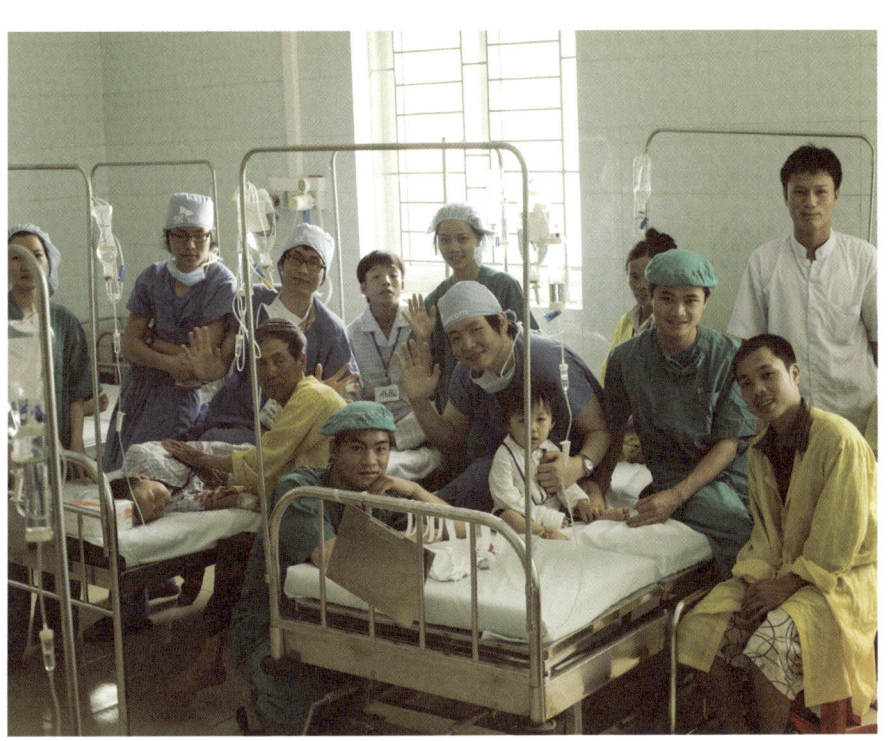

"환자에게는 사랑을,
학문에는 열정을,
선배에게는 존경을!"
이라는 세 가지 기본 원칙에만 충실하면
어떤 환경 속에서도 훌륭한 의술을 펼칠 수 있다.
백롱민 교수와 동료 의사들은 베트남 의료봉사를 통해
그러한 사실을 다시 한번 마음속에 되새긴다.

백롱민 교수는 제자에 대한 애정 어린 칭찬을 잊지 않았다.

의사에게는 환자에 대한 사랑, 학문에 대한 열정만큼 중요한 것이 또 있다. 바로 선후배 사이의 위계질서와 때론 가족애보다도 진한 동료애다. 베트남 의료봉사단의 핵심 멤버라고 할 수 있는 김진오, 하동호, 윤인대 원장 등은 과거 인제대 백병원 시절에 백세민 박사 밑에서 동고동락하며 실력을 쌓았던 백롱민 교수의 동료이자 후배들이다. 그들은 긴 말 필요없이 서로 눈빛만 봐도 호흡이 척척 맞는다. 함께 했던 시간만큼 돈독한 신뢰가 쌓인 결과다. 지금이야 각자 개인병원을 개원해 나가 있어서 얼굴 보기도 힘들 정도로 바쁘지만, 1년에 한 번씩 베트남에서 뭉쳐 진하게 회포를 푼다. 회포를 푼다는 것은 다른 의미가 아니라, 수술실에서 다시 한 팀으로 뭉쳐 일하는 것을 말한다. 그들은 동료애를 넘어 일종의 전우애 비슷한 것을 공유하고 있다.

"우리는 가끔 인제대 백병원 성형외과에서 혹독한 트레이닝을 함께 받았던 시절을 떠올립니다. 흔히들 성형외과라고 하면 쌍꺼풀 수술이나 해서 쉽게 돈 버는 과로 생각하는 경향이 있지만, 인제대 백병원의 성형외과는 달랐습니다."

백세민 과장의 지도 아래 난이도가 높은 안면윤곽수술이 주로 이루어지다보니 수련의는 물론이고 전공의들도 거의 흉부외과에 맞먹는 하드 트레이닝을 받았다. 당시 인제대 백병원 성형외과에 지원하면 면접관이 "다른 쉬운 과도 많은데 왜 하필 이렇게 힘든 인제대 성형외과에 지원했습니까?' 라고 물어볼 정도였다.

팀워크는 자신의 역할을 120% 해내는 것

소문난 백병원 성형외과에서 살아남기 위해서는 누구든 이를 악물고 열심히 하는 수밖에 없었다. 특히 선배의 말은 하늘처럼 따라야 했고, 팀 전체에 누가 되지 않도록 빠릿빠릿하게 눈치껏 행동하는 것이 중요했다. 수술중 어시스트가 중간에 밥을 먹어야 하는 상황이 되면 그야말로 눈치 전쟁이 일어난다. 밖에 시켜놓은 자장면은 불어서 떡이 되고 김밥도 식다 못해 말라비틀어져 갈 때쯤, 겨우 수술실을 빠져나와서 허겁지겁 위 속에 음식을 밀어 넣고 다시 들어가는 일이 다반사였다. 차수가 높은 선배가 밥 먹을 시간을 10분 주었다면 5분 안에 먹고 들어가는 것이 기본 예의였다. 그러니 밥 먹고 담배 한 대 피울 시간도 없었다. 때론 밥을 먹으면서 동시에 담배를 피우는 묘기(?)를 선보이기도 하지만 말이다.

그들에게 팀워크란 서로의 실수를 감싸주고 챙겨주는 것을 의미하지는 않는다. 최고의 성형수술팀답게 최고의 시스템 속에서 자신의 역할을 120% 해낼 때 그것을 팀워크라고 불렀다. 의사라고 거드름을 피우는 것은 절대로 용납되지 않았다. 전문의라고 가만히 앉아서 다른 스태프들이 환자를 데리고 오는 것을 기다리는 법도 없었다. 일손이 부족하면 과장급이라도 나가서 환자를 직접 데리고 와서 수술을 했다. 일을 완성해야 하는 목표가 생기면 직급이니 계급이니 따지지 않고 연차와 상관없이 앞에 보이는 일을 누구든 나서서 우선적으로 처리했다.

한번은 다른 병원에서 인턴 과정을 밟고 새로 들어온 전공의 1년차가 수술실에 들어갔다가 호되게 혼난 일이 있었다. 사건의 전말은 이랬다. 수술중 집도의가 실을 찾았다. 그런데 이 1년차는 스크럽은 당연히 간호사가 할 일이라고 생각하고 멀뚱멀뚱 쳐다보고만 있었다. 그러자 대뜸 육두문자가 날아왔다.

"야, 이 새끼야! 지금 간호사가 다른 일 하고 있는 거 안 보여?"

그때서야 정신이 번쩍 든 1년차는 급하게 실을 찾아서 집도의에게 건넸다. 수술을 무사히 마치고 밖으로 나왔을 때 선배가 그를 조용히 불렀다.

"물론 의사가 할 일이 있고 간호사가 할 일이 따로 있는 건 안다. 하지만 우리 수술실에서만큼은 그런 거 없다. 지금 당장 필요한데 간호사가 할 일이라고 네가 가만히 있으면 그만큼 수술이 늦어지고 또 그것이 환자에게 영향을 줄 수도 있지 않겠냐? 의사든 간호사든, 과장이든 1년차든 상관없다. 오로지 수술실에서는 수술이 잘 되게 하는 것이 제일 중요하다. 알았냐?"

그날 이후로 그 1년차는 수술실 안의 모든 기구와 작은 도구 하나까지 위치를 다 외웠다. 언제 어떤 상황에서든 자신의 손이 필요한 순간이 있다면 사소한 일이라도 지체하지 않고 즉각 움직이겠다는 결연한 자세로 말이다.

의사들이 모여서 옛날 얘기를 하다보면 군대 얘기만큼이나 끝이 없다. 의국에서 혹은 수술실에서 얼마나 호된 성장 과정을 거쳤는지를 토로하다보면 무용담이 따로 없다. 그런 이야기들이 후배들에게는 좋은 자양분이 됨은 물론이다.

백롱민 교수가 백병원에서 서울대병원으로 옮겨오게 되면서 베트남 의료봉사팀도 자연스럽게 서울대병원 스태프들로 꾸려지게 되었다. 여기에 초창기 때부터 함께 해온 백병원 출신들이 함께하다 보니 어쩔 수 없이 서로 낯선 사람들끼리 팀을 이루게 되었다. 처음엔 행여 팀워크에 문제가 생기지는 않을까 걱정이 많았다. 하지만 걱정과 달리 1주일이라는 짧은 시간에도 불구하고 몇 년씩 함께 호흡을 맞춰온 사람들처럼 다들 일을 척척 잘해냈다. 늘 쓰던 수술실도 아니고 늘 잡던 기구도 아니고 늘 함께하는 사람들도 아닌 환경 속에서 그러한 성과를 보인다는 것은 대단한 집중력이 아니고서는 힘든 일이다.

"환자에게는 사랑을, 학문에는 열정을, 선배에게는 존경을!" 이라는 세 가지 기본 원칙에만 충실하면 어떤 환경 속에서도 훌륭한 의술을 펼칠 수 있다. 백롱민 교수와 동료 의사들은 베트남 의료봉사를 통해 그러한 사실을 다시 한번 마음속에 되새긴다.

슬픔까지 닮았던
세 모녀 이야기

결혼해서 아이를 갖고 그 아이가 건강하게 태어나기를 기다리는 마음만큼 설레고 아름다운 순간이 있을까? 기다리고 기다려 태어난 아이가 자신의 모습을 꼭 닮은 것처럼 흐뭇한 일도 없을 것이다. 그런데 이렇게 축복받아야 할 순간에도 불안과 슬픔으로 고통 받는 사람들이 있다.

엄마는 아이를 가졌을 때 혹시나 아이가 자신의 모습을 닮지는 않을까 노심초사했다. 남몰래 예쁜 아기 달력 같은 것을 구해다 옆에 두고 이런 아이를 낳게 해달라고, 엄마만 안 닮은 아이 낳게 해달라고 속으로 빌고 또 빌었다. 그러나 갓 태어난 아이의 얼굴을 보았을 때 엄마는 절망할 수밖에 없었다. 자신과 꼭 닮은 딸 아이였다. 엄마는 둘째 아이를 가졌다. 엄마는 빌고 또 빌었다. 하지만 이번에도 엄마를 닮은 딸을 낳았다. 엄마의 얼굴은 선천적 양안격리증. 두 눈의 사이가 정상인보다 훨씬 넓다. 그

얼굴 생김새를 두 딸이 고스란히 물려받은 것이다.

서로를 닮아서
너무나 미안한 가족

흔히 얼굴 생김새가 찍어낸 듯 닮은 가족을 붕어빵 가족이라고 한다. 진아 씨네 가족은 생김새뿐만 아니라 가슴 속에 품은 슬픔까지 닮은 붕어빵 가족이었다. 여느 또래의 아가씨들처럼 예쁜 옷 입고 화장도 하고 떳떳하게 돌아다니고 싶었다는 진아 씨. 그러나 그럴 수가 없었다. 진아 씨는 양쪽 눈 사이가 비정상적으로 넓은 양안격리증을 가지고 태어났기 때문이다. 어렸을 때는 아이들의 따돌림과 이유 없는 폭력에 시달렸고, 성인이 되어서는 자신이 하고 싶은 일도 포기해야만 했다. 그녀는 대학에서 보건행정을 전공했다. 졸업 후 전공 관련 일을 하기 위해 학교 친구들과 면접을 보러 가면 자기보다 성적 등 여러 조건이 안 좋은 친구들도 다 붙는데, 유독 진아 씨만 떨어지곤 했다. 이유는 단 하나, 외모 때문이었다.

그렇게 졸업 후 3년을 허송세월만 하다가 처음으로 다니게 된 직장은 작은 봉제 공장이었다. 일은 고되고 힘들었다. 자신이 원하던 일도 아니었다. 하지만 형편이 어려운 고향집 부모님에게 더 이상 부담을 드리기 싫어서 공장 일을 시작했다. 처음엔 일도 일이지만 자신을 바라보는 사람들의 시선이 두려웠다. 그래도 공장 사람들은 진아 씨를 비교적 편하게 대해 주었다.

그런 진아 씨에게 수술의 기회가 찾아왔다. 방송국과 심장재단, 그리고 세민얼굴기형돕기회가 수술비를 후원하기로 한 것이다. 이미 진아 씨보다 앞서 언니 진영(가명) 씨가 같은 수술을 받았는데, 이번에는 진아 씨의 차례가 된 것이다. 진아 씨의 수술은 진영 씨 때와 마찬가지로 분당 서울대병원 성형외과팀에서 집도하기로 했다. 그동안 진아 씨는 수술로 정상인에 가까운 얼굴을 갖게 된 언니의 얼굴을 보면서 많이 부러워했다. 두려운 수술이지만 언니처럼 될 수 있다는 생각에 용기를 얻었다.

양안격리증 수술은 다른 얼굴기형 수술에 비해 어려운 편에 속한다. 눈을 감싸고 있는 안구뼈에 접근하기 위해서 두개골을 완전히 드러내야 하기 때문이다. 그 다음에 뇌 안쪽에 있는 눈 사이의 뼈 일부를 잘라내어 붙인 후, 양쪽 눈 옆의 두개골 일부를 잘라 채워 넣어야 한다. 이러한 수술 과정은 고난도의 기술이 필요할 뿐만 아니라 수술중 감염에 각별히 주의해야 하는 어렵고 힘든 수술이다.

언니 진영 씨의 경우 수술을 통해 60mm가 넘던 양쪽 눈 사이를 37mm 정도까지 줄였다. 수술로 20mm 정도가 줄어든 것이다. 수술로 줄일 수 있는 최대치가 그 정도다. 만약 그 이상 욕심을 내면 코 사이에 공간이 너무 줄어서 숨쉬기가 곤란해지고 신경이 다칠 수 있기 때문에

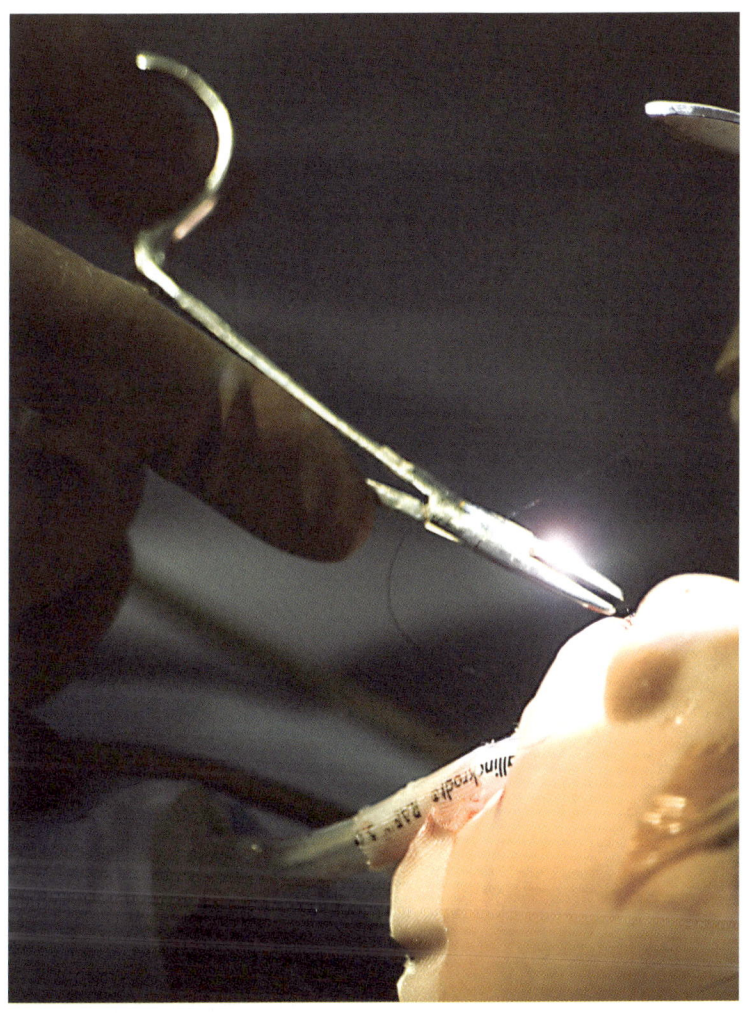

얼굴의 아름다움은 조화에서 생긴다. 눈 코 입 등 각각의 모양도 영향을 미치겠지만 무엇보다도 전체적인 균형과 조화가 아름다운 얼굴을 만드는 데 결정적 역할을 한다. 안면윤곽성형수술은 이 조화와 균형에 도움을 주는 수술이지, 모든 사람의 얼굴을 똑같은 모양으로 만드는 수술은 아니다.

최소한의 공간은 남겨두어야 한다. 겉으로 보기 좋은 것도 중요하지만 모든 성형수술의 기본은 건강을 해치지 않는 범위 내에서 안전하게 수술하는 것이다. 2차적으로 코를 높이는 수술까지 이루어지게 되면 더 정상적으로 보이게 될 것이다.

그렇게 싫었던 거울 앞에서 미소를…

꽃샘추위가 기승을 부리던 어느 봄날, 드디어 동생 진아 씨에 대한 수술이 시작됐다. 큰 딸에 이어 둘째 딸까지 어렵고 힘든 수술을 받기 위해 수술실로 들어가는 모습을 지켜보는 엄마는 밖에서 초조하게 기다리며 말없이 그저 흐르는 눈물만 연신 닦아낸다. 엄마는 그 얼굴로도 그럭저럭 살아왔고 앞으로도 그 얼굴 그대로 살다가 죽어도 그만이라고 생각한다. 다만 아직 젊은 두 딸이 조금 더 예뻐진 얼굴로 하고 싶은 일들을 마음껏 하면서 사는 모습만은 꼭 보고 싶다. 형편이 어려워 좀 더 일찍 수술을 시켜주지 못한 것이 한이지만 지금이라도 수술의 기회가 생긴 것에 감사한 마음이다.

수술은 7시간이 걸린 대수술이었다. 진아 씨는 두개골과 뇌가 빨리 붙어버려서 생기는 두개골 조기 유합증이라는 선천적 기형도 가지고 있었기 때문에 수술은 더욱 어렵게 진행되었다. 두개골을 잘라 드러내는 과정에서 혹시라도 뇌손상이 생기면 큰일이기 때문에 모두가 긴장한 상태로 수술을 진행했다. 다행히 수술은 성공적으로 끝났다.

수술 후, 아직 부기가 빠지지 않은 모습인데도 진아 씨는 계속 거울을 들여다보며 아기처럼 좋아했다. 전에는 거울 속에 비친 자신의 모습이 싫어서 멀리하던 거울을 이제는 손에서 놓을 줄을 모른다.

"나보다 네가 훨씬 잘 됐어."

"에이, 무슨. 얼굴이 부어서 쌍꺼풀도 없어졌구만."

수술이 잘 되었다는 언니의 말에 진아 씨는 쑥스러운지 괜한 투정을 부렸다.

"걱정하지 마. 부기는 금방 가라앉을 거야. 그리고 2차로 코 수술도 하고 나면 지금보다 훨씬 예뻐질 걸?"

예뻐진다는 말에 진아 씨의 얼굴에 감출 수 없는 미소가 떠오른다. 이제 예뻐진 얼굴로 원하던 직장도 구하고 남자친구도 사귈 생각을 하니 벌써부터 마음이 설레는 모양이다.

수술 전 진아 씨의 엄마는 엄마 얼굴을 닮게 낳아서 미안하다고 했고, 진아 씨는 예쁜 딸로 태어나지 못해서 미안하다고 말하곤 했다. 그렇게 서로의 존재를 아프게 가슴에 품었던 사람들. 서로를 닮았다는 일이 이 가족에게는 이리도 미안하고 슬픈 일이었다. 하지만 이제 미안하다는 말을 더 이상 하지 않아도 된다. 두 딸 모두 그토록 원하던 수술을 잘 받았고 이제 남들과 같은 모습으로 살아갈 일만 남았다.

진아 씨네 가족은 모처럼 나들이에 나섰다. 똑같이 닮은 세 모녀의 모습을 신기한 듯 쳐다보는 사람들 때문에 다함께 외출도 맘 놓고 하지 못하던 그들이었다. 그런데 이제는 사람들의 시선 따위는 신경 쓰지 않게 되었다. 가족과 즐거운 시간을 보내는 두 자매의 까르르 웃음소리가 끊이질 않는다. 두 자매는 요즘 유행하는 립스틱 색깔 이야기가 한창이다. 화장을 하면 사람들 눈에 더 띨까봐 꿈도 못 꾸었는데 이제는 자연스럽게 자신의 외모를 꾸미는 일에 관심을 갖기 시작한 것이다. 사람들의 시선이 두려워 마음대로 들어가지 못했던 화장품 가게며 옷가게를 이제는 당당히 들어갈 수 있게 됐다.

어떤 아이들은 얼굴기형을 가지고 태어났다는 이유로 부모로부터 버림을 받기도 하고, 또 어떤 아이들은 평생을 가족들 뒤에 숨어서 세상 밖으로 걸어 나오지 못한 채 살아가기도 한다. 그 가족의 아픔을 남들이 다 이해할 수는 없을 것이다. 하지만 가족이라는 이름으로 더 많은 상처를 주기보다는 그 아픔을 치유해줄 수 있는 진한 가족애, 그리고 서로에게 용기를 북돋아줄 수 있는 넉넉한 가슴이 필요하다. 진아 씨네 가족처럼 말이다.

따가운 관심보다
따스한 배려를

　얼마 전 산부인과를 배경으로 한 드라마에서 구순열에 대해 부정적으로 묘사한 내용이 방송되어 구순구개열 아이를 둔 부모들의 마음에 큰 상처를 준 일이 있었다. 드라마 내용 중 문제가 되었던 부분은 "구순열은 여러 번 수술을 해도 완치가 힘들고, 또 아무리 수술을 잘해도 흉터가 크게 남기 때문에 사회생활이 힘들다"고 한 극중 인물의 대사였다. 이는 드라마 제작진의 구순열에 대한 잘못된 의학 상식에서 비롯된 해프닝이었다. 그만큼 우리 사회의 구순구개열에 대한 인식 수준은 아직 갈 길이 멀다.

　구순구개열은 흔히 언청이라 불리는 선천적 얼굴기형 중 하나다. 예전처럼 주위에서 눈에 잘 띄지 않을 뿐이지 여전히 많은 아기들이 구순구개열을 갖고 태어난다. 구순구개열이 발생하는 원인에 대해서는 유전적 요인, 환경적 요인, 염색체 이상 등으로 알려져 있지만, 상당수는 여전히 원인불명이다. 종족별로 보면 백인종보다는 황인종 신생아에서 발생하는 빈도가 상대적으로 좀 높은 편으로 알려져 있다. 그래서 흔히 하는 오해 중 하나가 개발도상국처럼 못 사는 나라에서 더 많이 생기는 것이 아닌가 하는 것인데, 꼭 그런 것만은 아니다. 다만 못 사는 나라의 경우 의료 수준이 선진국보다 떨어지는 경향이 있어서 제때 수술을 하지 못해 상대적으로 구순구개열을 가진 아이들이 눈에 더 많이 띄는 것뿐이다.

부모의 잘못이 아닌 운이 나쁜 것일 뿐…

다행히 우리나라의 경우 구순구개열은 대부분 생후 3개월에서 1년 사이에 수술이 이루어져 완치비율이 높아졌다. 또한 수술 수준도 높아져 흉터도 최소화되어 사회생활을 하는 데 거의 지장이 없다. 1차 수술 후 필요에 의해 2차, 3차 수술을 받게 되는 경우도 있는데, 성장하면서 변하는 얼굴 형태에 따라 적절한 수술을 받으면 정상적으로 태어난 경우와 다를 바 없이 평범한 얼굴로 살아갈 수 있다.

그런데도 많은 선천적 얼굴기형 아이의 부모들은 아이의 불행을 자신의 탓으로 생각하며 죄책감을 갖는다. 얼굴기형은 그 누구의 잘못이 아니다. 그저 운이 나쁜 것이다. 사람들이 운이 나빠 병에 걸리거나 사고를 당하는 것과 다를 바 없다. 얼굴기형은 인구 400명당 한 명꼴로 갖고 있을 정도로 흔한 질병일 뿐이다.

선천적 얼굴기형에 구순구개열만 있는 것은 아니다. 눈, 코, 입이 기형 혹은 없는 상태로 태어나거나 턱과 구강구조가 기형인 형태로 태어나는 얼굴기형 환자도 있다. 후천적으로 얼굴기형이 생기기도 하는데, 화상이나 교통사고로 얼굴이나 몸의 형태 일부가 변형된 경우가 대표적이다. 얼굴기형의 정도가 심한 경우 고난도의 수술이 필요하고 비용도 많이 드는 어려움이 있다. 그래서 경제적인 이유로 선뜻 수술을 받지 못하는 경우가 있다.

얼굴기형은 종종 당장 생명이 위급한 상황이 아니라는 이유로 우선치료에서 밀리기도 한다. 하지만 얼굴기형 환자들이 받는 고통은 우리가 상상하는 그 이상이다. 입술과 입천장이 갈라진 아기들은 엄마 젖을 제대로 빨지 못해 고생을 한다. 어렸을 때 엄마 젖을 제대로 먹지 못하면 심각한 영양 불균형을 초래할 뿐만 아니라 정서 발달에도 안 좋은 영향을 미친다. 음식물이 갈라진 입천장으로 들어가 감염을 일으키기도 한다.

입천장이 벌어진 구개열의 경우에는 정상적인 발음이 힘들어 그대로 방치할 경우 언어장애가 생긴다. 언어장애를 가진 아이들은 또래 아이들에게 쉽게 놀림의 대상이 된다. 아이가 자라면서 놀림이나 따돌림을 받는 것은 정상적인 삶을 영위할 수 없을 만큼 심각한 문제다. 이는 아이

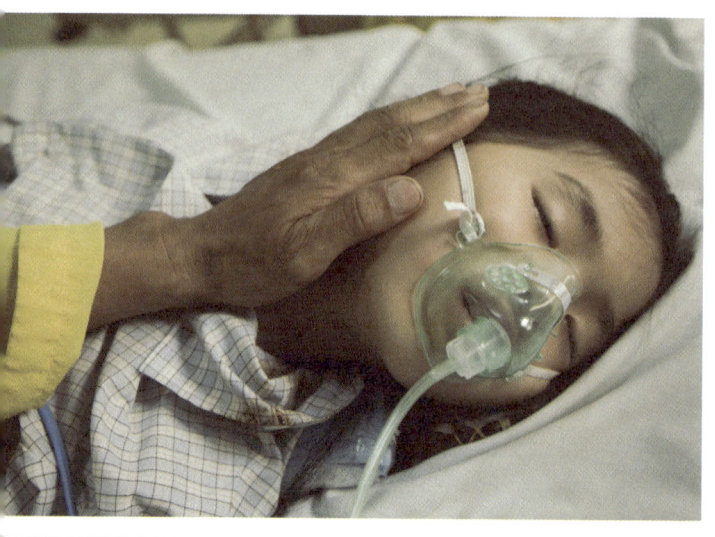

많은 선천적 얼굴기형 아이의 부모들은 아이의 불행을 자신의 탓으로 생각하며 죄책감을 갖는다. 얼굴기형은 그 누구의 잘못이 아니다. 그저 운이 나쁜 것이다. 사람들이 운이 나빠 병에 걸리거나 사고를 당하는 것과 다를 바 없다. 얼굴기형은 인구 400명당 한 명꼴로 갖고 있을 정도로 흔한 질병일 뿐이다.

본인에게도 괴로운 일이지만 이를 바라보는 부모의 마음에도 커다란 상처가 된다. 그래서 아이와 부모, 온 가족의 삶의 질을 위해서도 꼭 필요한 수술이 얼굴기형 수술이다. 세민얼굴기형돕기회가 형편이 어려워 수술을 받지 못하는 얼굴기형 환자들에게 무료 혹은 수술비 일부를 후원하여 수술을 받을 수 있도록 돕는 것은 그들이 어두운 갇힘에서 벗어나 밝은 세상으로 나아가기를 바라기 때문이다.

그런데 이러한 직접적인 지원도 중요하지만 얼굴기형에 대한 우리 사회 전반의 인식을 바꾸는 일도 매우 중요하다. 얼굴기형 환자들은 사람들의 뜨거운 시선 때문에 세상에 떳떳하게 나서지 못하고 숨어서 지내는 경우가 많다. 백롱민 교수가 예전에 전국 순회 진료를 다닐 때만 하더라도 얼굴기형이 있는 아이를 사람들 앞에 드러내놓기 싫어서 꽁꽁 숨겨놓고 키우는 부모가 많았다. 지금은 사정이 조금 달라졌을까?

세상이 많이 변했다고는 하지만 여전히 얼굴기형 환자들에게 이 세상은 살아가기 힘든 곳이다. 우리나라 사람들은 자신과 다른 사람들에 대해서 지나치게 뜨거운 관심을 보인다. 이것이 문제다. 사람들은 그들을 안타깝다고 쳐다보고, 이상하다고 쳐다보고, 보기 싫다고 쳐다본다. 한번 볼 것도 두 번 보고, 두 번 볼 것도 세 번 본다. 거기에 더해 뒤에서 수군거리기까지 한다. 이런 따가운 시선이 얼굴기형 환자들이 세상 밖으로 나오는 길을 막아서는 가장 큰 걸림돌이다.

어떤 얼굴기형 환자는 이런 말을 하기도 했다.

"사람들의 시선에 숨이 막혀요. 너무 많은 관심이 우리를 더 힘들게 하는 것 같아요. 아무리 궁금해도 조금만 참아주셨으면 좋겠어요. 차라리 조용히 자리를 피해주세요. 그런 외면이 오히려 우리에겐 더 따뜻한 배려로 느껴져요."

어떤 사람들은 어떻게 외면이 관심보다 더 좋을 수가 있냐고 반문한다. 하지만 그것은 어디까지나 장애가 없는 사람들의 생각일 뿐이다. 지나친 관심보다는 적당한 배려가 그들에게는 더 필요하다.

무료수술과 우리 사회의 배려가 함께 진행되어야

외국에 나가보면 확실히 얼굴기형 환자들을 대하는 태도가 우리와 많이 다르다. 정서와 문화의 차이인지는 모르겠지만 그들은 우리나라 사람들처럼 남의 외모에 대해서 눈이 어떠니, 코가 어떠니 과도한 지적을 하는 경우가 거의 없다. 얼굴기형 환자들에 대해서도 상대가 불편해 할까봐 되도록 언급하지 않을 뿐 아니라, 지나치게 쳐다보는 것은 실례가 된다고 여겨 자제한다. 프랑스의 철학자이자 소설가인 장 폴 사르트르만 해도 우리나라 사람들의 기준으로 보면 사시에 가까운 눈인데, 외국 사람들은 누구도 그것에 대해 말하지 않는다. 미국 헐리우드의 유명 배우 호아킨 피닉스는 정도가 심하지는 않지만 입술이 갈라진 언청이다.

하지만 그는 그것을 성형수술로 감추려 하지 않고 오히려 자신의 개성으로 승화시켰다.

백롱민 교수는 베트남에 가서 많은 얼굴기형 아이들과 가족들을 만났다. 그런데 의외로 그 많은 얼굴기형 아이들과 가족들의 표정이 생각보다 밝았다.

"몇백 명이 넘는 얼굴기형 환자들이 수술을 받기 위해 모여 있는 특수한 상황이라서 그런지는 모르겠지만, 우리나라의 얼굴기형 환자들이나 가족들처럼 폐쇄적이고 의기소침한 느낌이 아니라 좀 더 개방적이고 긍정적인 인상을 받았습니다."

물론 그 나라에서도 얼굴기형을 가지고 살아가는 일이 그리 녹록치만은 않을 것이다. 그래도 서로에 대한 배려로 마음의 상처를 어루만져주려고 노력하는 그들의 모습은 보기 좋다. 우리나라도 얼굴기형 환자들에 대한 배려가 지금보다 더 많이 필요하다. 어쩌면 그것이 무료수술보다 더 필요한 일인지도 모른다. 앞으로 세민얼굴기형돕기회가 더욱 신경 쓰고 앞장서 나가야 할 부분이기도 하다.

의사는
신의 대리인

　2003년 의료봉사단에는 특별한 한 사람이 참여했다. 현 한국심장재단 이사장인 조범구 박사다. 조범구 이사장은 연세대 흉부외과 교수로 36년간 재직하고 세브란스 병원장을 역임했다. 그동안 심장재단의 지원으로 수많은 선천적 심장기형 어린이들을 위한 무료수술을 해왔으며 현역에서 은퇴한 후에는 심장재단 일에 매진하고 있다.

　백롱민 교수는 조범구 이사장을 음악감상 모임에서 처음 만났다. 좋아하는 것이 같다 보니 연배 차이가 나는 데도 쉽게 친해질 수 있었다. 백 교수는 조 이사장의 의술과 의료봉사에 대한 의지에 반해 세민얼굴기형돕기회의 고문으로 모시고 많은 조언을 듣곤 했다. 넓은 인맥을 자랑하는 조 이사장은 세민얼굴기형돕기회의 후원회 활동을 해줄 좋은 사람들도 많이 소개해주었다.

　"선생님, 베트남 의료봉사에 한 번 같이 가시죠."

백롱민 교수는 몇 번이나 조 이사장에게 베트남 의료봉사에 참가해 달라고 부탁했다. 연로한 나이에도 불구하고 의료봉사에 대한 열정이 대단한 의료계 선배를 통해 젊은 봉사단원들이 다시 한번 의사로서 가야 할 올바른 길에 대해서 생각해보기를 바라는 마음에서였다.

"내가 성형외과 의사도 아닌데 무슨 도움이 되겠어? 나이 들어서 괜히 짐만 될 텐데."

"무슨 말씀이세요. 아직도 현역 못지않게 정정하신데요. 수술 전 환자들이 꼭 받아야 할 심장 검사를 최고의 전문가가 맡아주신다면 우리 봉사단에게 그보다 더 큰 영광이 없죠."

"허허, 이 사람. 내가 뭐 대단한 사람이라고."

조범구 이사장은 겸손하게 자신을 낮추며 선뜻 따라나서지 못했다. 그러다 2003년에 드디어 기회를 만났다. 베트남 병원에 도착하자마자 조 이사장은 이렇게 소감을 밝혔다.

"내가 1960년대 말에 외과 전문의 과정에 있었는데, 잠시 성형외과로 로테이션을 나간 적이 있었어. 그때 대한적십자사의 주선으로 외국 의료봉사단이 우리나라 구순구개열 어린이 환자들을 치료해주는 모습을 많이 봤지. 그런데 지금 그와 비슷한 장면을 베트남에서 보게 되니 감개가 무량하구만."

과거에는 우리가 외국 의료봉사단의 도움을 받던 처지였는데 이제는 반대로 우리가 어려운 나라의 환자들을 치료해주는 입장이 된 것이 인상적이었던 모양이다. 그는 또 이런 말도 했다.

"이렇게 얼굴기형 환자들과 가족들 수백 명이 한자리에 모여 있는 모습을 보니, 이 많은 사람들에게 축복의 날을 선물하는 세민얼굴기형돕기회 사업이 정말 대단하다는 생각이 드는군."

"과찬의 말씀입니다."

"아니, 그렇지 않아. 내가 그동안 선천적 심장기형 어린이들을 무료로 수술하면서 항상 이런 말을 했어. '이 일은 한 아이의 생명을 살리는 일일뿐 아니라 아이에 대한 죄책감으로 멍들어가던 한 가족을 살리는 일이다'라고 말이야. 선천적 질환을 가진 아이의 부모들은 아이가 아픈 것을 자신의 탓으로 생각하는 경우가 많아. 거기다 경제적인 사정 때문에 비싼 수술비를 감당할 수 없어 아픈 아이를 그대로 방치해두어야 할 때 그 괴로움은 더욱 커지지. 그 괴로움이 때론 한 가정을 파멸로 이끌기도 해. 얼굴기형의 경우도 마찬가지 아닌가? 부모들은 아이가 태어나자마자 제일 먼저 손가락, 발가락이 제대로 붙어있는지 눈, 코, 입은 제자리에 있는지부터 살피잖아. 심장은 몸속에 감추어져 있어서 검사를 해보기 전까지는 이상이 있는지 잘 몰라. 그런데 얼굴기형을 가진 아이들은 태어나는 순간부터 부모에게 큰 충격과 좌절감을 안기게 되지. 흔히들 얼굴을 그 사람의 간판에 비유하는데 얼굴기형을 가진 채 살아가는 아이들은 그래서 더욱 사회적으로나 심리적으로 위축되고 불안한 삶을 살아가게 되는 것 아닌가? 아이의 불안한 삶은 부모에게도 고스란히 전달이 된다네. 그렇기 때문에 얼굴기형을 가진 아이를 돕는 것은 그 아이는 물론이고 그 가정에 드리운 불행의 그림자까지 거둘 수 있는 힘을 지녔다고 할 수 있어. 신은 의사에게 그 힘을 쓸 수 있도록 허락했고, 지금 세민얼굴기형돕기회는 그 힘을 제대로 쓰고 있는 거라네. 그러니 대단한 것이지."

백롱민 교수는 조범구 이사장의 말에 깊은 감동을 받았다. 언젠가 손길승 명예회장도 그와 비슷한 말을 한 적이 있다. 그는 '의사는 신의 대리인'이라고 했다. 신이 자신이 창조한 피조물인 인간이 아프고 병들 때 일일이 찾아가 돌볼 수 없기 때문에 대신 인간들을 치료하고 위로해주라고 의사라는 직업을 만들었다는 것이다. 백롱민 교수는 그 말을 들으면서 의사는 자신이 가진 능력에 대해서 무한한 책임감을 가져야 한다고 느꼈다. 사리사욕이 아닌 인류애적인 차원에서 자신의 능력을 쓸 줄 알아야 한다는 준엄한 가르침이었다.

의사는, 특히 성형외과 의사는 본인이 수술한 환자를 끝까지 책임진다는 생각을 가지고 있어야 한다. 얼굴기형 환자들은 수술을 제때 해주는 것도 중요하지만 최대한 흉터가 남지 않게 잘 수술하는 것이 중요하다. 그리고 필요하다면 아이가 성장하는 과정에 맞춰 2차, 3차 수술을 해주어야 한다. 미용성형도 크게 다르지 않다. 아무리 예뻐지기 위한 것이라도 성형수술은 한번 팔고 나면 그만인 옷이나 화장품 같은 패션 상품이 아니다. 한 번의 수술이 한 사람의 인생에 미치는 영향까지도 항상 마음

속에 그리고 있어야 한다.

백세민 박사가 갑자기 쓰러져 은퇴하게 되었을 때, 그는 자신이 수술한 환자들을 끝까지 책임지지 못하고 중간에 그만두게 된 것이 가장 미안하고 가슴 아프다고 했다. 당장 자신의 몸이 불편한 것보다 남겨진 환자들을 더 걱정했던 것이다.

의술(醫術)에는 뛰어난 기술이 필요하다. 거기에 사랑과 간절함, 그리고 생명에 대한 경외심이 더해지면 그것은 또 하나의 기적을 일구어내는 인술(仁術)이 된다. 이 땅의 모든 의사들이 인술이라는 말에 부끄럽지 않은 의사가 되기를 바란다.

편견의 거울을 깨고
세상 밖으로

지난 2006년, 코엑스 내에 세민얼굴기형돕기회의 사업 내용을 홍보하기 위한 옥외광고판이 설치됐다. 정재관 전 코엑스 대표의 장소 제공과 광고기획사 울림커뮤니케이션즈의 장수연 이사의 도움으로 제작된 이 광고판에는 얼굴기형 어린이를 형상화한 얼굴 그림 위에 눈, 코, 입을 그려 넣는 대신 커다란 거울을 붙여놓았다. 그 거울 속에는 이런 문구가 쓰여 있었다.

"당신에게는 호기심이겠지만 얼굴기형 아이들은 얼굴을 보는 것이 두렵습니다."

그 앞을 지나가던 사람들은 거울 속에 자신의 모습을 비춰보면서 얼굴기형 환자들의 고통을 간접적으로나마 체험하고 이해할 수 있었다.

실제로 거의 모든 얼굴기형 환자들은 거울 속에 비친 자신을 모습을 쳐다보는 것 자체가 두렵다고 호소하곤 한다. 거울 속에 비친 흉측한 모습이 자신의 모습이라는 것을 받아들이기 힘든 까닭이다. 그 속에는 세상의 편견과 불편한 관심들로 고통 받는 일그러진 자아가 들어있을 뿐이다.

진행성 반안면위축증을 앓고 있던 수진(가명) 씨도 그랬다. 얼굴기형에 대한 성형수술은 그 증상과 유형에 따라 수술 시기가 달라진다. 구순구개열의 경우처럼 한 살이라도 더 어릴 때 수술하는 것이 좋은 경우가 있는가 하면 성장이 멈춘 성인이 되어야 수술이 가능한 얼굴기형도 있다. 진행성 반안면위축증은 후자에 해당되는 경우다. 진행성 반안면위축증이란 한쪽 얼굴의 피부와 지방조직, 근육, 뼈 등이 서서히 위축되어 양쪽 얼굴이 심하게 비대칭이 되는 질환이다. 아직까지 그 발병 원인이 명확하게 밝혀지지 않은 희귀질환이다. 진행성 반안면위축증은 성장이 멈추기 전에는 수술을 해도 계속해서 병이 진행되기 때문에 성장이 완전히 멈춘 후 수술을 해야 효과를 볼 수 있다.

7년을 기다려야만 수술할 수 있는 얼굴기형

백롱민 교수가 수진 씨를 처음 만난 것은 그녀가 열네 살 때였다. 당시엔 증상이 진행중이어서 수술을 할 수가 없었다. 그래서 수진 씨는 수술을 위해 7년이라는 세월을 기다렸다. 수진 씨에게서 처음 증상이 나타나기 시작한 것은 열두 살 때. 처음에는 증상이 미비해 입술이 비틀어져 보이는 정도였다. 그런데 시간이 지날수록 증상이 점차 심해졌다. 병원을 찾아온 수진 씨에게 백롱민 교수는 진행성 반안면위축증 진단을 내렸고, 병의 진행이 멈추면 수술을 해주겠다고 약속했다.

7년 동안 수진 씨는 수술을 받게 될 날만을 손꼽아 기다렸다. 그 사이 그녀는 부모님이 경영하시는 식당에서 음식 배달을 하면서 수술비를 모았다. 고등학교 1학년 때부터 아르바이트로 시작했는데, 학교를 졸업한 후에도 그 일을 계속했다. 마스크를 하고 헬멧까지 눌러쓰면 그녀의 흉한 얼굴 반쪽도 완벽하게 가려졌다. 그렇게 온 동네를 오토바이를 타고 다니며 음식 배달을 했다. 배달 일을 계속하도록 권유한 것은 그녀의 아버지였다. 어쩌면 수진 씨가 반쪽 얼굴로 세상에 나가 상처를 받는 것보다는 그 편이 더 안전하다고 판단했는지도 모른다. 하지만 수진 씨는 수술만 하면 당장 배달 일을 그만 둘 거라고 했다. 그녀도 스물 한 살의 꿈 많은 평범한 아가씨였던 것이다. 그녀는 하루하루 수술 받을 날짜를 꼽으며 그동안 얼굴 때문에 하지 못했던 일들을 해보겠다고 잔뜩 벼르고 있었다.

그런데 막상 수술을 하기로 한 날 수진 씨는 예정대로 수술을 하지 못했다. 감기 때문이었다. 사람마다 감기에 따른 수술 위험 부담이 다르지만, 일단 전신마취를 하고 장시간 수술을 해야 하는 경우에는 폐기능이 떨어지기 때문에 감기가 걸린 상태에서는 가급적 수술을 피하는 것

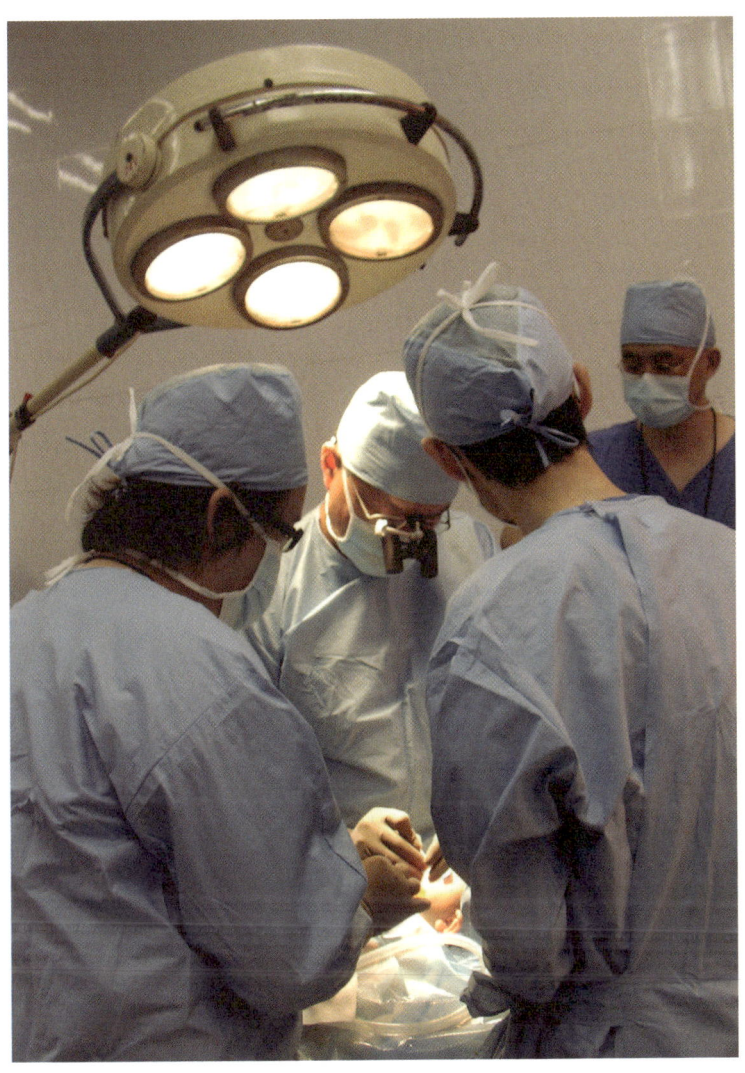

의외로 많은 사람들이 원인을 알 수 없는 희귀질환과 또 그로 인한 외모의 변화로 고통 받고 있다. 그들에게 성형수술은 단 하나의 희망이자 세상을 살아나갈 무기가 될 수 있다.

이 좋다. 수진 씨는 거의 다 나았다며 그냥 수술해달라고 우겼지만 결국 수술은 1주일 뒤로 미뤄졌다. 돌아서는 수진 씨의 얼굴에 실망한 기색이 역력했다. 7년을 기다렸는데 1주일쯤 더 못 기다릴까 싶지만, 오히려 미뤄진 1주일이 수진 씨에게는 7년의 세월보다 더 길고 지루하게 느껴졌다. 그렇게 다시 1주일의 시간이 흐르고 드디어 수술을 받기로 한 날이 되었다. 수진 씨의 위축된 한쪽 얼굴의 피부를 절개해 들어 올리고, 그 밑으로 진피와 지방, 근육과 혈관을 이식하는 수술이 진행됐다. 이식할 부분은 수진 씨 몸의 다른 부위에서 떼어 와야 했다. 얼굴을 정상적인 모습으로 되돌리기 위해 몸에 그만한 흉터를 또 남기게 되는 것이다. 수술팀은 어느 부위에서 이식할 부분을 떼어야 젊은 여성인 수진 씨에게 가장 부담이 적을까를 고민했다.

"아무래도 겉으로 노출되는 빈도가 가장 낮은 부위여야 하겠죠?"

"그럼 당연하지. 수진 씨의 입장이 되어서 생각해보자고."

그들의 고민에는 환자의 마음까지 헤아리는 세심함이 들어 있었다. 의논 끝에 최종적으로 배꼽 근처에서 이식 부위를 떼어내기로 결정됐다. 수술팀의 움직임이 분주해졌다. 얼굴 피부 절개와 배꼽 근처의 이식 부위 절개가 두 명의 의사에 의해 동시에 이루어졌다. 이번 수술에서 최대 난코스는 안면 신경을 건드리지 않고 피부만 절개해 들어 올리는 것이었다. 수진 씨의 경우 피부가 안면 신경과 함께 뼈에 거의 붙어 있는 상태였기 때문에 절개가 쉽지는 않았다. 장시간에 걸쳐 어려운 절개 작업이 이루어졌다. 그 다음에 이식 부위를 옮겨와 혈관들을 이어주는 미세한 작업들이 이루어졌다. 예정 시간을 훌쩍 넘긴 대수술이었다. 백롱민 교수와 그의 수술팀 모두가 최선을 다해 수진 씨의 새 얼굴을 만들어나갔다. 수술은 성공적으로 마무리되었다.

수술 후 마취에서 깨어난 수진 씨는 거울부터 찾았다. 움푹 패어 있던 한쪽 얼굴이 통통하게 살이 올라 있었다.

"내 얼굴이 왜 이렇게 커졌어?"

부기까지 더해져 갑자기 얼굴이 몇 배는 커진 것 같다며 수진 씨는 투정을 부렸다. 그토록 기다려온 순간이었지만 아직은 거울 속에 비춰진 자신의 모습이 낯설었다. 수진 씨는 지난 7년 동안 점점 위축되어 가는 한쪽 얼굴에 아프게 적응해왔다. 하지만 이제부터는 수술로 달라진 새 얼굴에 적응해 나가야 한다. 그렇게 그녀의 삶에도 변화가 찾아왔다. 더이상 거울 속의 그녀는 울지 않는다. 자신을 원망하며 괴로워하지도 않는다. 그녀는 이제 지난날 자신의 흉측한 얼굴도 세상에서 제일 예쁘다며 사랑해주던 남자친구와 함께 핑크빛 미래를 꿈꾸고 있다.

화장으로도 감출 수 없는 마음의 고통

사람들은 '변화'라는 말에 민감하다. 좋은 쪽으로의 변화라면 상관없지만, 자신이 원하지 않는 방향으로의 변화는 그야말로 일상의 중심을 흔들 만큼 커다란 충격으로 다가오기도 한다. 의외로 많은 사람들이 원인을 알 수 없는 희귀질환과 또 그로 인한 외모의 변화로 고통 받고 있다. 그들에게 성형수술은 단 하나의 희망이자 세상을 살아나갈 무기가 될 수 있다.

백롱민 교수는 7년의 기다림 속에서도 용기를 잃지 않고 삶의 중심을 지켜온 수진 씨에게 박수를 보냈다. 또한 그와 비슷한 질환으로 고통 받고 있는 다른 환자들에게도 용기를 잃지 말라는 말을 전하고 싶어했다.

"당신의 잘못이 아닙니다. 누구에게나 닥쳐올 수 있는 불행이죠. 그래도 희망을 잃지 말고 용기를 가지세요."

누구나 거울 속에 비친 자신의 모습이 아름답기를 바랄 것이다. 그래서 얼굴에 생긴 주름살에 속상해 하기도 하고 두꺼운 화장으로 애써 감추려고 하기도 한다. 그러나 얼굴기형 환자들의 고통은 어떤 화장으로도 감출 수가 없다. 그들에게는 세상의 편견에 당당히 맞설 용기와 희망이 필요할 뿐이다.

미소를 찾아
몽골에서 온 아이들

　세민얼굴기형돕기회는 로타리클럽과 분당 서울대병원의 도움으로 2005년부터 몽골 얼굴기형 어린이 초청 무료수술 사업을 실시하고 있다. 이 사업을 처음 제안한 사람은 여의도 로타리클럽 회장 출신의 이정수 대주식품 대표였다.

　이정수 대표는 '나무 심기 운동'을 하면서 몽골과 처음 인연을 맺었다. 그러나 척박한 기후와 인력 부족 등의 문제로 몽골에서 펼친 첫 활동이 실패로 돌아갔다. 이 대표는 낙담했다. 그러던 중 우연히 몽골에 새로 생긴 큰 백화점을 구경 가게 되었는데, 그곳에서 한 숙녀를 보게 되었다. 긴 머리를 나풀거리는 모습이 참 예쁜 십대 후반 정도의 아가씨였다. 그런데 그 아가씨는 손으로 입을 가리고 있었다. 처음엔 그냥 아무 생각 없이 보고 있었다. 그러다 아가씨가 잠시 손을 내리는 순간에 심하게 갈라져 있는 입술이 보였다. 구순열이었다.

'손으로 가리고 있을 때는 그저 평범하고 예쁜 아가씨였는데… 손으로 가리고 있었던 이유가 있었구나.'

이 대표는 그 아가씨가 참 안 됐다는 생각이 들었다. 아마도 형편이 안 좋아서 어릴 때 구순열 수술을 받지 못한 모양이었다. 이 대표는 몽골의 지인에게 물었다.

"몽골에 구순구개열 수술을 받지 못한 아이들이 많습니까?"

"의료 수준이 떨어져서 그런지 제때 수술을 받지 못하는 아이들이 많습니다."

이정수 대표는 그 자리에서 몽골의 구순구개열 아이들부터 무료로 수술해주어야겠다고 다짐하게 되었다.

하지만 무료수술이라는 것이 돈만 있다고 해서 할 수 있는 것이 아니었다. 수술을 해줄 의사도 있어야 하고 수술을 할 수 있는 의료시설도 있어야 했다. 이 대표는 고민 끝에 세민얼굴기형돕기회 재단을 찾아갔다. 이 대표와 백롱민 교수는 조범구 이사장의 소개로 전부터 알고 지낸 사이였다. 그러나 아무리 평소 아는 사이라도 막상 쉽지 않은 일을 부탁하려니 많이 망설여졌다. 이 대표는 어렵게 이야기를 꺼냈다.

"세민얼굴기형돕기회 재단이 평소 베트남 얼굴기형 어린이들을 위한 무료수술 사업을 하는 것으로 알고 있습니다. 혹시 다른 나라의 얼굴기형 환자들에게도 무료수술의 기회를 주실 수 있겠습니까?"

이 대표는 자신이 몽골에서 겪은 일들과 몽골 구순구개열 어린이들을 도와줄 방법을 찾고 있다는 이야기를 했다. 이야기를 들은 백롱민 교수는 반색을 하며 흔쾌히 요청을 받아들였다.

"그런 일이라면 당연히 저희가 도와드려야죠. 안 그래도 베트남 이외의 지역으로 얼굴기형 무료수술 사업을 확대할 생각이었는데, 이정수 대표님이 먼저 나서주시니 오히려 저희가 고맙습니다."

미소를 전하는 일에 국경은 없다

그렇게 몽골 얼굴기형 어린이 무료수술을 위한 준비가 시작되었다. 처음에 세민얼굴기형돕기회에서는 베트남과 같은 방식으로 몽골에 의료봉사단을 파견하려고 했다. 재정적인 문제 때문에 베트남 사업처럼 대규모로 할 수는 없겠지만 현지 병원에 수술대를 한 개만 만들고 1주일 동안 머물면서 20~30명 정도만 수술할 수 있어도 좋겠다고 생각했다. 그러나 몽골에 사전 답사를 가서 현지 사정을 둘러본 백롱민 교수는 그런 방식이 불가능하다는 사실을 알게 되었다. 몽골은 넓은 국토에 비해 인구가 많지 않은 나라다. 게다가 교통 사정이 좋지 않아서 드문드문 떨어져 살고 있는 환자들을 한 곳에 모으는 데만도 수십 일이 걸릴 것 같았다. 그렇다고 봉사단을 이끌고 동네마다 찾아다닐 수도 없는 노릇이었다.

결국 효율적인 면을 고려해 몽골의 얼굴기형 환자들을 한국으로 초청해 수술하는 방식으로 사업을 진행하기로 했다. 우선 이 사업을 위해 몽골의 울란바토르 어린이 병원과 협약을 맺었다. 그곳에서 환자를 모아 한국으로 보내는 일을 맡아서 해주었다. 또한 울란바토르 어린이 병원의 의사들에게 한국 연수를 추진하여 수술을 받고 돌아간 아이들에 대한 후속조치를 할 수 있게 했다.

처음 계획으로는 1년에 열 명 정도의 몽골 얼굴기형 어린이를 초청해 수술을 해주려고 했다. 그런데 어린 아이 한 명에 보호자가 한두 명은 따라오기 때문에 입국 비용도 많이 들고 비자를 발급받는 것도 힘들어서 1년에 평균 4~6명 정도의 어린이만 초청해 수술을 하고 있다. 백롱민 교수는 앞으로 여건이 좋아지면 더 많은 어린이를 초청할 생각이다.

"수술하는 날, 처음 의사 선생님을 보자마자 나를 예쁘게 해줄 수 있는 사람이라는 생각에 믿음이 생겼어요. 수술하기 전에 제가 하나님께 기도했어요. 그래서 제 수술이 잘 됐어요. 의사 선생님, 선생님의 하늘같은 넓은 마음을 저는 평생 동안 잊지 못할 거예요."

2005년에 몽골에서 와 분당 서울대병원에서 안검하수 수술을 받은 텔뭉 바타르라는 아이가 보낸 편지의 내용이다. 텔뭉 바타르는 친구들에게 항상 짝짝이 눈이라고 놀림을 받았는데, 수술을 받고 돌아간 이후에는 놀림도 받지 않고 예뻐진 두 눈으로 행복한 시간들을 보내고 있다.

이정수 대표는 텔뭉 바타르를 비롯해 한국을 방문해 수술을 받았던 모

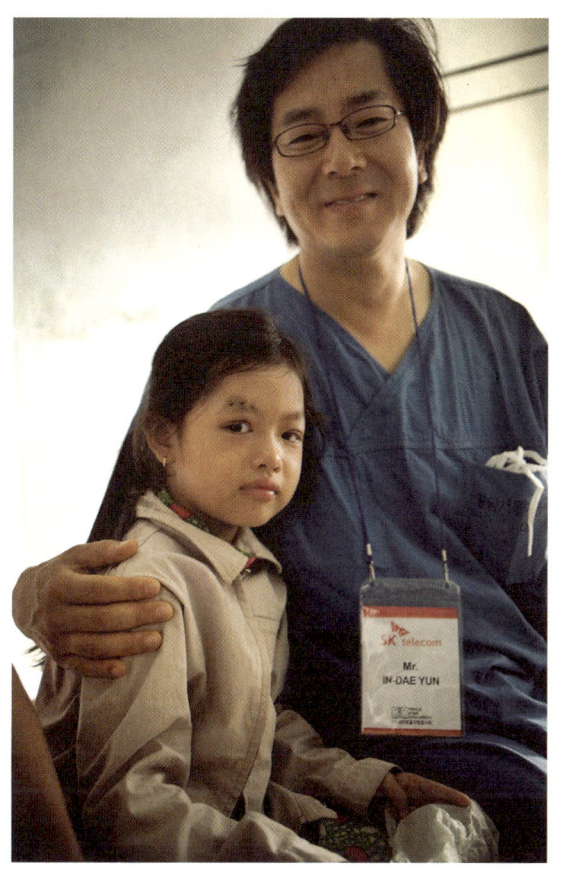

"수술하는 날, 처음 의사 선생님을 보자마자
나를 예쁘게 해줄 수 있는 사람이라는
생각에 믿음이 생겼어요.
수술하기 전에 제가 하나님께 기도했어요.
그래서 제 수술이 잘 됐어요.
의사 선생님, 선생님의 하늘같은 넓은 마음을
저는 평생 동안 잊지 못할 거예요."

든 아이들이 자라서도 한국을 잊지 않기를 바란다. 그래서 매년 분당 서울대병원에서 수술이 끝나면 수술을 받은 아이와 부모들을 데리고 한국의 여러 좋은 곳을 돌아다니며 관광을 시켜준다. 그리고 마지막엔 꼭 한복을 입혀서 기념 촬영을 하고 사진을 선물한다. 이정수 대표는 이보다더 좋은 민간외교는 없다고 생각한다.

이정수 대표는 몽골 얼굴기형 어린이 초청 무료수술 사업을 시작한 후에 로타리클럽 회원 20명 정도와 몽골에 다녀왔다. 그곳에서 그는 큰 환대를 받았다. 분당 서울대병원에서 2회에 걸쳐 수술을 받은 앙자르라는 남자 아이가 있었는데, 이 대표는 그 아이의 집에 식사 초대를 받았다. 앙자르의 어머니는 유독 눈물이 많은 사람이었다. 앙자르의 수술을 위해 한국에 들어왔을 때도 인천공항에 도착하자마자 울기 시작하더니 의사에게 수술 상담을 받을 때도, 아이가 수술을 받는 중에도, 수술을 받고나온 다음에도 울고 또 울었다. 이 대표가 앙자르의 집을 방문을 했을 때도 어머니는 고맙고 기쁜 마음에 또 하염없이 울었다. 이 대표는 앙자르어머니가 차려준 진수성찬을 먹으며 뿌듯한 마음을 감출 수가 없었다.

세민얼굴기형돕기회는 이정수 대표와 같은 든든한 주선자가 나타난다면 몽골뿐만 아니라 경제적으로 어렵고 의료수준이 낮은 다른 나라의 얼굴기형 어린이를 위해서도 기꺼이 능력을 나눌 준비가 되어 있다. 미소를 전하는 일에 국경은 없다.

성형수술로도 고칠 수 없었던
환자의 아픔

성형외과 의사들은 선천적으로 혹은 후천적으로 발생한 얼굴기형으로 고통 받는 사람들이 수술을 통해 남들처럼 평범한 얼굴을 갖게 되고, 또 그로 인해 행복한 인생을 꾸려나갈 발판을 마련할 때 무한한 감동과 자부심을 느낀다. 그러나 성형수술이 언제나 만족스러운 결과를 낳는 것은 아니다. 안타까운 일이지만 성형수술로도 도저히 해결이 안 되는 경우도 분명히 존재한다. 백롱민 교수는 그럴 때마다 무척 속상하다. 의사로서 해줄 수 있는 것이 없을 때, 특히 그 사실을 환자와 보호자에게 말해야 하는 순간은 정말 힘들다. 하지만 의사의 욕심 때문에 환자를 더 힘들게 할 수는 없는 일이다. 적당한 선에서 포기를 해야 할 때도 있다.

백롱민 교수에게 어느 날 양안격리증을 가진 열아홉 살의 여자 환자가 찾아왔다. 그녀의 어머니 역시 양안격리증을 가지고 있었다. 늦게 결혼해 겨우 딸 하나를 가졌는데 딸 역시 양안격리증을 가지고 태어났다. 어머니는 남편과 헤어지고 혼자서 딸을 키우면서, 딸이 외모 때문에 기죽어 살지 않기를 바랐다. 하지만 항상 당당하고 적극적인 어머니와 달리 딸의 성격은 소심하고 겁이 많았다. 게다가 어렸을 때 학교에서 아이들에게 심하게 맞고 들어온 이후로는 시도 때도 없이 경기를 일으켰다. 결국 딸은 학교도 그만두고 집 밖으로는 한발짝도 나서지 않는 은둔 생활을 하게 되었다.

백롱민 교수는 우선 양안격리증을 수술로 고칠 수 있는지 확인해보기로 했다. 정상인보다 넓은 미간을 가진 양안격리증 환자를 정상인의 모습에 가깝게 만들기 위해서는 양안 사이의 간격을 줄이는 수술을 해야 한다. 그런데 딸은 이미 복지단체의 도움으로 한 차례 수술을 받은 상태였다.

"이런 경우에는 다시 재수술을 한다는 것은 별다른 의미가 없습니다. 양안격리증 수술은 두개골을 완전히 드러내고 그 사이로 눈과 눈 사이의 뼈 일부를 잘라내는 것인데, 지나치게 많이 자르면 비강 사이가 좁아져 숨쉬기가 곤란해집니다. 그래서 수술을 통해 줄일 수 있는 수치에 한계가 있기 마련입니다. 아마도 첫 번째 수술 당시 담당의사가 할 수 있는 최대한의 거리를 줄여 놓았을 것입니다. 그렇기 때문에 우리가 재수술을 한다고 해도 효과는 미약할 것입니다. 그 미약한 효과를 위해 두개골을 여는 위험한 수술을 다시 한다는 것은 너무나 커다란 모험입니다."

백롱민 교수는 환자가 상심할 것을 안타까워하며 조심스럽게 이야기를 꺼냈다. 결국 이 환자의 수술은 포기하기로 했다. 안타깝지만 성형외

196

과적으로 해줄 수 있는 것이 더 이상 없었다. 이런 경우에는 자신의 외모에 대한 콤플렉스를 떨쳐버리고 사회에 적응할 수 있도록 주위에서 적극적으로 돕는 것만이 최선의 방법이었다.

또 다른 사례는 신경섬유종을 가졌던 20대 초반의 한 여성 환자의 이야기다. 그녀는 초등학교 때부터 왼쪽 볼이 부어오르기 시작했다. 처음에는 볼거리인 줄 알았는데 낫지 않고 점점 심해지더니 고등학교 때는 커다란 혹이 되었다. 그리고 마침내 한 병원에서 양성 신경섬유종 진단을 받고 수술을 받았다. 그런데 혹이 있는 위치에 혈관과 안면신경이 집중적으로 몰려 있어서 수술은 난항을 겪었고 결국 과다출혈로 수술을 중단할 수밖에 없었다.

그 후 그녀는 얼굴 한 쪽을 덮고 있는 혹을 제거해줄 의사를 찾아서 여러 병원을 돌아다녔다. 반복되는 힘든 검사와 수술이 힘들겠다는 의사들의 한결같은 대답. 그녀는 지쳐가고 있었다. 바로 그 즈음 그녀가 분당서울대병원을 찾아왔다. 백롱민 교수가 보기에도 그녀의 얼굴을 수술하는 것은 만만치 않아 보였다. 과다출혈도 문제지만, 가장 큰 문제는 안면신경의 위치였다. 수술중 신경을 잘못 건드리면 안면마비 등의 심각한 부작용이 생길 수도 있다. 많은 의사들이 수술을 하지 못했던 이유도 그 때문이었다. 하지만 이제 혹이 점점 커지면서 턱뼈가 틀어져 밥도 제대로 씹어 삼킬 수 없는 상황이었다. 그런 그녀를 그대로 두고 볼 수는 없었다.

"힘들겠지만 여러 가지 방법을 동원해서 한번 해봅시다."

백롱민 교수는 수술을 하기로 결정했다. 수술을 해준다는 말에 그녀는 무척 기뻐했다. 길게 늘어뜨린 머리카락으로 언제나 얼굴 반쪽을 가리고 다니던 생활도 이제 끝날 것이라며 그녀는 잔뜩 희망에 부풀었다.

어려운 수술을 맡게 된 백롱민 교수 수술팀은 분주히 움직이기 시작했다. 우선 수술중 일어날 수 있는 과다출혈을 막기 위해 혈관조영술로 약물을 투여해 절단할 혹 부위로 들어가는 혈관의 일부를 미리 막는 시술을 했다. 다음으로 MRI 촬영을 통해 침샘의 위치를 확인하기로 했다. 보통 침샘 주위로 신경 다발이 지나가기 때문에 침샘 위치가 파악되면 안면신경을 건드리지 않고 그 부위를 피해서 혹을 제거할 수 있다. 그런데 MRI 촬영 결과 예후가 좋지 않았다. 종양의 크기와 밀도가 높고, 침샘의 위치도 전혀 파악이 되지 않았다. 결국 수술을 하면서 안면신경의 위치를 일일이 찾아서 피해야 했다. 그만큼 수술의 위험성은 높아졌다.

검사 결과를 검토하던 백롱민 교수의 얼굴이 심각해졌다. 그녀의 한쪽 얼굴을 덮고 있는 신경섬유종이 양성이 아니라 악성일 가능성이 있었기 때문이다. 최근 들어 환자가 혹 부위에 통증을 호소하는 것이 그런 의심을 더욱 들게 했다. 악성인지 여부를 알기 위해서는 종양의 일부를 떼어서 세포 염색 검사를 해봐야 했다. 지난 번 1차 수술에서는 양성 종양으로 진단이 나왔더라도 그 사이 악성으로 변했을 가능성도 배제할 수 없었다. 악성이라면 성형외과적 수술로 단순히 안면신경을 피해서 혹의 크기를 줄이는 것이 문제가 아니라 전혀 다른 차원의 치료를 해야 했다. 암세포 제거를 위해 안면신경을 포함해 안면부위에 대한 광범위한 절개가 이루어질 가능성이 높았다. 경우에 따라서는 귀를 포함해 얼굴의 반쪽을 거의 잃을 수도 있는 상황이었다. 제발 그런 상황까지는 가지 않기를 바라는 수밖에 없었다.

수술이 시작됐다. 1차로 떼어낸 종양 부위를 병리과에 보내 검사를 의뢰했다. 검사 결과가 나올 때까지 백롱민 교수 수술팀은 신경 위치를 파악해가면서 나머지 종양 부위를 절개해 나갔다. 그런데 얼마 후 병리과로부터 검사 결과를 알리는 전화 한 통이 걸려왔다. 우려했던 것처럼 환자의 종양은 악성이었다. 수술은 그 자리에서 중단됐다. 성형외과에서는 더 이상 할 일이 없었다. 흔한 케이스가 아니라 수술을 담당했던 백롱민 교수의 입장에서도 무척 당혹스러운 순간이었다.

그는 수술실에서 나오자마자 보호자를 급히 호출해 상황을 설명했다. 딸의 얼굴에 붙어있던 혹이 암 덩어리였다니. 꿈에도 생각지 못했던 어머니는 충격으로 목소리가 떨렸다. 의사인 백롱민 교수에게도 이런 순간은 정말 힘들지만 어쩔 수가 없다. 환자가 삶의 의지를 꺾지 않고 희망을 가질 수 있도록 격려를 해주는 수밖에 도리가 없었다.

환자는 곧바로 성형외과에서 이비인후과로 이전되었다. 그곳에서 그녀는 광범위한 암 세포 제거 수술은 물론 다른 부위로의 전이를 막기 위한 항암치료를 시작했다. 남들처럼 평범한 얼굴을 갖고 싶었던 그녀의 바람은 물거품이 되었다. 이제 그녀에게는 암과의 싸움에서 이겨 자신의 목숨을 지켜내야 하는 힘겨운 투쟁만이 남아 있을 뿐이었다.

사람들은 살면서 수많은 싸움과 직면한다. 그러나 역시 가장 힘든 싸움은 자기 자신과의 싸움이 아닐까. 어떤 때는 자기 안의 절망이라는 놈과 싸워야 하고, 또 어떤 때는 몸속의 무서운 병마와 싸워야 한다. 그런 처절한 싸움에서 의사가 해줄 수 있는 것은 어쩌면 최소한의 조치일지도 모른다. 의사는 의사 나름대로 최선을 다하지만 그 이후의 일은 온전히 환자 자신의 몫이다. 하지만 그것이 환자들에게는 가장 큰 희망의 끈이라고 생각하면 치료 과정의 어느 한 부분도 소홀히 할 수가 없다.

"의사도 사람이기에 모든 것을 완벽하게 할 수는 없습니다. 하지만 항상 그 상황에 맞춰 최선을 다하고 싶습니다. 그래야 후회가 없을 테니까요."

백롱민 교수가 남들이 어렵다며 기피하는 수술도 가능한 한 모든 방법을 찾아서 시도하는 이유도 그 때문이다. 그러나 여기에도 원칙이 있다. 절대로 환자를 대상으로 욕심을 부려서는 안 된다는 것이다. 앞으로 치고 나갈 때와 뒤로 한 발 물러설 때를 분명히 아는 의사가 진짜 실력 있는 의사라고 그는 생각한다. 의료사고에 대한 부담 때문에 몸을 사려서도 안 되지만, 자신의 의술을 맹신한 나머지 환자의 생명을 담보로 위험한 모험에 빠져들어서는 안 된다. 그래서 그는 항상 스스로를 경계한다. 무엇보다 중요한 것은 환자의 안전이기 때문이다.

75년 만에
다시 찾은 얼굴

　2010년 베트남 의료봉사는 하노이에서 조금 떨어져 있는 푸옌(Phu Yen)이라는 곳에서 이루어졌다. 푸옌 종합병원에는 여느 해와 마찬가지로 베트남 각지에서 소문을 듣고 몰려온 얼굴기형 환자들로 가득찼고, 의료봉사단은 쉴 틈 없이 그들을 수술했다. 대부분 다섯 살 미만의 구순구개열 환자인데, 가끔 수술 시기를 놓친 다섯 살 이상의 아이들과 10대 청소년이 찾아오기도 한다. 그런데 이번 수술에서는 드물게 60대 할머니 한 분이 포함되어 있었다. 지난 15년 동안 수많은 환자를 수술해 왔고, 또 그동안 베트남의 의료수준도 예전보다 높아져서 점차 구순구개열 환자의 연령대가 낮아지는 추세였다. 그런데 아직까지도 이런 고령 환자가 있었다는 사실이 의료진들의 가슴을 새삼 아프게 했다.

　60년이 넘는 세월을 입술이 벌어진 채로 살아온 할머니가 수술을 받는 심정은 분명 남다를 것이다. 어떤 이는 지금까지도 별 탈 없이 잘 살아왔는데 뭐 하러 굳이 나이 들어서 힘든 수술을 받느냐고 이야기하기도 한다. 그러나 본인이 그 입장이 아니라면 쉽게 예단할 수 없는 문제다. 사람 사는 세상에서 단 한번만이라도 온전한 얼굴을 당당히 들고 살아가고 싶은 마음은 세 살 꼬마나 예순 살 노인이나 다 똑같은 인간의 본성이다. 나이가 들면 적당히 포기하면서 살게 되지만 또 죽을 때까지 절대로 포기가 안 되는 것도 있기 마련이다. 늦었지만 남은 생이라도 남들과 똑같은 모습으로 살아가고 싶은 마음에 할머니는 용기를 냈을 것이다. 비록 말은 통하지 않지만, 그래서 할머니가 살아온 세월과 구구절절한 사연을 다 알 수 없지만 백롱민 교수는 어쩐지 할머니의 그 마음을 알 수 있을 것만 같았다.

백롱민 교수는 베트남 할머니를 수술하면서 분당 서울대병원에서 수술했던 75세의 이순임(가명) 할머니를 떠올렸다. 노래 부르기 좋아하고 정이 많던 이순임 할머니는 왼쪽 얼굴에 얼굴 길이만큼 늘어진 혹을 달고 살아왔다. 태어날 때 왼쪽 얼굴 전체를 덮고 있던 혹이 나이가 들수록 아래로 처져 점점 흉한 모습으로 변해갔다. 젊은 시절 혹 때문에 서러워서 울기도 많이 울었다는 할머니는 그래도 자신만을 아껴주는 남편을 만나 3남 1녀를 낳고 알콩달콩 잘 살았다. 남편의 그늘 밑에서 지낸 그 시절이 할머니에겐 가장 행복한 순간이었다.

삶의 무게만큼 점점 무거워져간
할머니의 혹

하지만 생활이 궁핍했던 할머니는 먹고 살기 위해 어린 자식들을 들쳐 없고 시장에 나가 장사를 해야 했다. 워낙 부지런하고 밝은 성격이라 시장 상인들은 다들 할머니를 좋아했다. 그런데도 괜한 자격지심에 혹시 자신의 흉한 얼굴이 다른 상인들의 장사에 방해가 되지 않을까 언제나 노심초사했다. 할머니는 식당에서 제 돈 주고 밥 한번 당당히 먹지 못하고 뒤편에 조용히 숨어서 겨우 허기만 달래곤 했다. 그러는 사이 할머니의 혹은 삶의 무게만큼 더욱 무거워져만 갔다.

할머니는 수술로 혹을 제거할 수 있을 거라는 생각은 해보지 못했다. 보나마나 큰 돈이 드는 수술일 텐데 당장 아픈 곳이 없으니 그걸로 됐다고 여긴 것이다. 그래서 일흔이 넘도록 병원에서 진찰 한번 제대로 받아보지 못했다. 그렇게 세월이 흘렀다. 할머니는 남편이 먼저 세상을 떠난 후, 자식들도 모두 분가해 텅 빈 집안에 홀로 남아 여생을 보내게 되었다. 그런 할머니에게 유일한 낙은 노래를 듣고 부르는 일. 흉한 얼굴과 지긋지긋한 가난 탓에 마음이 답답하고 슬플 때마다 가슴 속 깊은 곳에서 끌어낸 애절한 노래 한자락이 할머니의 속을 후련하게 해주었다.

그랬던 할머니가 수술을 결심하게 되었다. 서울의 큰 병원으로 가서 검사나 한번 받아보자는 큰 아들의 말에는 이대로 살다 죽으면 그만이라던 할머니가 "엄마가 검사를 받아야 형이 괜찮은지도 알 수 있다"는 둘째 아들의 말에 마음을 고쳐먹었다. 네 명의 자식들 중 큰 아들이 유일하게 혹을 가지고 태어났던 것이다. 엄마처럼 커다란 혹은 아니지만 작은 혹들이 온몸에 퍼져 있어서 할머니는 그것이 내내 마음에 불편한 짐이었다. 당장 생활에는 불편이 없지만 혹시라도 위험한 것은 아닐지 걱정이 되었던 것이다. 할머니는 기회가 생긴 김에 병원에 가서 아들의 상태도 함께 확인해보기로 했다.

그렇게 일단 병원에 가기로 작정을 하고 나니 할머니의 마음이 싱숭생숭해졌다. 한편으로는 걱정이 되면서도 또 한편으로는 새색시처럼 마음이 들뜨기도 했다.

"얼굴의 혹을 떼어내고 나면, 좋은 데로 신나게 놀러 다녀야지."

음악만 틀어주면 흔들흔들 저절로 춤이 춰지는 할머니는 시장 상인과 이웃 할머니들 사이에서 잘 노는 사람으로 유명했다. 하지만 할머니의 흥은 문지방을 넘지 못했다. 얼굴 때문에 이웃의 동무들이 산으로 들로 놀러 갈 때도 선뜻 따라나서질 못했다. 그게 내내 섭섭했던 할머니다.

할머니가 멀리 서울로 검사를 받으러 간다니까 이웃집 할머니가 찾아와 손수 머리 염색까지 해주었다. 평생 좁은 동네를 벗어나 본 적이 없는 할머니가 행여 낯선 사람들 속에서 기가 죽을까봐 행색이라도 초라하지 말라고 신경을 써주는 것이다.

"수술하고 예뻐져서 돌아오면 내가 여기저기 데리고 놀러다닐 거니까 조심해서 잘 다녀와."

"네, 형님. 걱정하지 마세요."

두 할머니는 세월의 풍파가 고스란히 담긴 거칠고 주름진 두 손을 마주잡았다.

머칠 후, 할머니는 두 아들과 함께 올라와 분당 서울대병원 성형외과에서 검사를 받았다. 검사 결과 할머니의 혹은 신경섬유종이었다. 신경섬유종이란 우리 몸속에 있는 신경섬유에 종양이 생긴 것이다. 그 자체가 악성이 아닌 경우에는 암세포처럼 생명을 위협하거나 하지는 않지만 계속 자라게 되면 보기에 좋지 않고, 할머니의 경우처럼 한쪽 얼굴 전체를 덮고 있을 경우에는 눈이나 입 등에 기능 장애를 일으키게 된다. 할머니는 늘어진 혹 때문에 이미 왼쪽 눈은 실명했고, 왼쪽 턱 뼈까지 무너진 상태였다. 할머니의 얼굴을 멀쩡한 오른쪽 얼굴처럼 똑같이 만들 수는 없지만 수술을 통해 늘어진 혹을 최대한 제거해 무게를 줄여줄 수는 있었다. 그렇게만 해도 할머니의 고통은 훨씬 줄어들 것이다.

다음으로 궁금한 것은 큰 아들의 상태. 큰 아들 몸에 난 여러 개의 작은 혹들도 할머니와 마찬가지로 신경섬유종이었다. 이론적으로는 수술로 모두 제거하는 것이 가능하지만 현실적으로는 너무 숫자가 많아서 일일이 하나씩 건드린다는 것이 쉽지만은 않았다. 그래서 아들에 대한 수술은 일단 하지 않기로 했다. 만약 크기가 커져서 불편해지면 그때 다시 고려해보기로 한 것이다. 우선은 할머니 얼굴의 무거운 혹부터 제거하는 게 급선무였다.

행복의 가치는 나이와 상관없이
모두에게 똑같다

드디어 수술 날짜가 다가왔다. 백롱민 교수 수술팀은 수술 전 제거할 혹 부분에 있는 혈관 일부에 약을 투여해 혹으로 가는 피의 흐름을 차단하는 조치를 했다. 수술중 출혈이 많이 생기는 부위이기 때문에 미리 대비한 것이다. 그리고 만약의 사태를 대비해 수혈 준비도 해두었다.

수술 준비가 시작되자 이제야 비로소 수술을 한다는 사실이 실감이 나는지 할머니는 불안해했다. 안 그래도 낯선 사람들의 시선에 신경이 쓰였던 할머니는 스트레스 때문에 자꾸 머리가 아프다고 했다. 불안하기는 옆에서 지켜보는 아들들도 마찬가지였다. 연로하신 어머니가 힘든 수술을 잘 견딜 수 있을지, 혹시 수술을 하러 들어갔다가 영영 못 깨어나시는 건 아닌지 걱정이었다.

수술 당일. 둘째 아들이 씩씩하게 어머니를 안심시켰다.

"어머니, 아무 걱정 말고 들어가서 한 숨 푹 주무시고 나오세요."

"응, 그래. 좋은 꿈 꾸고 나올게."

할머니가 수술실로 들어가는 동안 아무런 말도 못하고 서 있기만 했던 큰 아들은 기어이 눈물을 쏟았다. 평생을 그 무거운 혹을 달고 살면서도 자식 걱정이 언제나 먼저였던 어머니. 자신의 모습이 부끄러워 시집 간 딸네 집에 한 번도 가보지 못한 어머니가 수술실에 혼자 들어가 계실 걸 생각하니 하염없이 눈물이 흘렀다. 불안함인지 서글픔인지 모를 감정이 복받쳐 올라 한참을 울었다. 동생이 옆에서 말려도 소용이 없었다.

다행히 할머니의 수술은 성공적으로 끝이 났다. 백롱민 교수는 앞으로 할머니가 한결 가벼워진 얼굴로 좋아하는 노래도 구성지게 부르고, 때론 신명나는 춤판도 벌이면서 그렇게 행복하게 살았으면 좋겠다고 생각했다. 그동안 쌓였던 설움들은 모두 다 내려놓고 말이다.

예전에는 성형외과에 찾아오는 60대 이상의 환자가 드물었다. 하지만 최근에는 평균 수명이 길어지고 경제적으로도 풍족해지면서 노년층의 성형외과 방문이 늘어났다. 죽을 때 죽더라도 불편한 것을 고쳐서 하루라도 편하게 살자는 것이 그들의 생각이다. 성형외과 의사의 입장에서도 평생을 자식들 뒷바라지에 자신을 돌보지 않고 살아온 사람들에게 늦었지만 새 얼굴을 찾아주는 일은 어린 얼굴기형 환자들에게 새 생명과 같은 성형수술을 해주는 것만큼이나 보람되고 설레는 일이다. 나이가 들어서 성형외과를 방문하려면 그만큼 더 용기가 필요할지도 모른다. 백롱민 교수는 그들이 부디 포기하지 말고 용기를 내어 살아가기를 바란다. 행복의 가치는 나이에 상관없이 누구에게나 똑같이 중요한 것이기 때문이다.

"남을 위해 봉사함으로써 자기 역량을 알 수 있다" — 입센
"봉사를 위해 보낸 삶이 오직 열매 맺는 삶이다" — 간디
아름다운 미소를 찾아주는 일이 우리 삶의 열매가 되리라.

나눔은
행복이다

사람에 대한
투자

　2009년 10월, 세민얼굴기형돕기회(Smile For Children)의 제15차 베트남 의료봉사활동이 진행된 하노이 108국군중앙병원. 이곳을 최태원 SK 그룹 회장이 전격 방문했다. 앞서 베트남 순방중이던 대통령 영부인 김윤옥 여사의 방문으로 한껏 고무되었던 현장 분위기가 최태원 회장의 방문으로 더욱 활기를 띠었다.

　최태원 회장은 백롱민 교수의 수술 현장과 환자들이 머물고 있는 회복실 등을 일일이 둘러본 후 얼굴기형 어린이 무료수술 사업의 중요성을 확인하고 현장에서 구슬땀을 흘리고 있던 의료진과 자원봉사자들을 격려했다. 그는 그 자리에서 베트남 얼굴기형 어린이 무료수술 사업에 대한 그룹 차원의 지속적인 관심을 당부했다.

세민얼굴기형돕기회와 SK텔레콤의 아름다운 동행

SK텔레콤은 1996년 첫 베트남 의료봉사 때부터 지금까지 환자 수술을 위한 입원비 전액과 현지 병원에 기증할 모든 의료기구 및 의약품 구입비용을 후원하고 있다. 또한 베트남 의료진을 비롯한 병원 관계자들과의 만찬, 베트남 정부 관계자의 방문이나 언론사 취재, 현지 홍보활동 등 진료 행위 이외의 공식적 혹은 비공식적 행사에 대해서도 물심양면으로 지원해주고 있다. 그러한 일들을 해오는 동안 어려운 일도 많았다. 특히 베트남 공산당 간부들에게 신뢰를 얻어내는 일은 사업을 진행하는 내내 가장 넘기 힘든 벽이었다.

"그들은 눈으로 직접 확인하지 않으면 믿지 않습니다. 아무리 우리가 어떠한 대가도 바라지 않고 이 사업을 지속적으로 할 것이라고 말해도 소용이 없었어요. 그동안 여러 나라의 의료봉사단이 베트남을 찾아와서 단발성 이벤트로 성의 없는 결과물을 남기고 갔던 것에 대한 불신이 남아 있었던 거죠. 물론 10년 넘게 세민얼굴기형돕기회의 여러 훌륭한 의료진들이 보여준 성실함과 수준 높은 수술 실력으로 그러한 불신의 벽이 많이 깨졌지만, 수술실 밖에서는 여전히 의심의 눈초리로 바라보는 시선이 있었습니다."

베트남 의료사업 지원 업무를 담당했던 실무자들은 현장에서 부딪치

아무도 가지 않은 곳을 누군가 먼저 걸어가 흔적을 남기면, 또 누군가가 그 뒤를 뒤따르게 된다. 많은 사람들이 그 뒤를 따라가다 보면 결국 거기에 길 하나가 만들어진다. 그렇게 세민얼굴기형 돕기회(Smile For Children)와 SK텔레콤은 우리나라 성형외과와 사회공헌 활동에 커다란 족적을 남겼고, 다른 성형외과 의사들이 그 뒤를 따를 수 있도록 길을 만들어주었다.

며 느꼈던 어려움에 대해서 그렇게 토로했다. 하지만 실력과 인품을 갖춘 의료진들의 노력 덕분에 베트남의 의료진과 관계 당국도 점차 마음이 움직이기 시작했다. 특히 지난 2007년에 한국을 방문한 베트남 의료진과 관계 당국자들은 한국의 진심어린 환대에 감동했을 뿐 아니라 '지속가능한 행복을 만들고 나누는 기업'이라는 사회공헌 철학을 가진 SK텔레콤의 진정성에 대해서도 다시 한번 평가하는 시간을 가졌다.

그리고 그 이듬해인 2008년, 베트남 관계 당국으로부터 뜻밖의 희소식이 전해져왔다. 당시 SK텔레콤의 김신배 사장에게 베트남 정부가 외국인 대상 최고 훈장인 '베트남 사회주의공화국 국가우호훈장'을 수여하기로 했다는 소식이었다. 그동안 베트남에서 펼쳐온 인도적 차원의 지원활동과 글로벌 사회공헌 활동의 공로를 인정받은 매우 뜻 깊은 일이었다.

소식을 접한 세민얼굴기형돕기회 측도 몹시 기쁜 마음으로 축하 인사를 건넸다.

"베트남 정부가 외국인에게 훈장을 수여하는 일이 많지 않고, 더구나 기업인에게 국가우호훈장을 주는 일은 매우 드문 일이라고 들었습니다. 축하합니다. 베트남 얼굴기형 어린이 무료수술 사업이 인정을 받는 것 같아 저희도 기쁩니다."

"고맙습니다. 현장에서 열심히 뛰어주신 여러 의료진을 대신해서 저희가 이렇게 큰 상을 받게 되어 송구스럽지만, 베트남 얼굴기형 어린이 무료수술 사업의 발전을 위해 대신 받는 것으로 생각하겠습니다."

그것은 앞으로도 변함없이 베트남 얼굴기형 어린이들을 위한 사랑과 희망의 미소 찾아주기 운동에 파트너로서 함께 가자는 굳은 약속이기도 했다.

세민얼굴기형돕기회가 베트남에서 얼굴기형 어린이 무료수술 사업을 15년 이상 꾸준히 해올 수 있었던 것은 후원자들의 전폭적인 후원과 지지 덕분이었다. 그들의 참여가 없었다면 베트남 얼굴기형 어린이 무료수술 사업이 큰 성과를 올리기는 힘들었을 것이다. 베트남의 지역적 현실을 고려했을 때, 베트남에서 진행되는 얼굴기형 어린이 무료수술 사업은 한정된 자원을 가지고 큰 사회적 가치를 만들어낼 수 있는 효율적인 사업이다. 이러한 가치의 공유는 사회공헌 활동을 펼치는 기업과 단체가 장기간 지속적으로 신뢰를 가지고 파트너십을 이어가는 데 매우 중요한 부분을 차지한다.

먼저 아이들이 행복한 세상을 만들어야

최근 들어 많은 기업들이 기업의 경영전략적 차원에서 사회공헌 활동의 영역을 확대해나가고 있다. 기업들은 사회공헌 활동을 당장 기업의 생존뿐만 아니라 미래 성장가치를 위한 경영활동으로써 그 중요성을 인지하고 적극적으로 참여하고 있다. 하지만 기업이 아무리 돈이 많다고 해도 기부와 봉사의 참뜻을 이해하지 못하고 왜곡한다면 결코 좋은 사회공헌 활동이라고 할 수 없다. 그런 점에서 해외봉사 활동이 지금처럼 활발해지기 전인 1990년대 중반부터 꾸준히 펼쳐온 베트남 의료봉사 활동은 우리나라의 기업과 사회 지도층들이 만들어가는 기부와 나눔 실천 문화의 좋은 사례 중 하나로 기억될 것이다.

한국과 베트남은 아픈 과거의 역사를 가지고 있다. 그렇지만 이제는 행복한 현재와 더불어 밝은 미래도 함께하고 있다. 아픔을 넘어선 행복한 미래를 위해서는 먼저 아이들이 웃음을 찾아야 한다. 그 아이들의 웃음을 위한 우리 사회 각계각층의 투자는 앞으로도 계속되어야 할 것이다.

위대한
나눔의 힘

　우리나라 해외 의료봉사의 역사는 그리 길지 않다. 1960~70년대만 해도 우리나라는 외국 의료봉사단의 수혜국이었다. 국제적십자, 유니세프, 국경 없는 의사회 등의 국제 구호단체들이 가난하고 의료후진국이었던 한국의 어려운 환자들을 위해 의료봉사를 해주었다. 그러다 1980년대에 접어들어 경제 성장과 함께 우리의 의료수준이 높아지면서 심장재단과 같은 의료 후원 단체들이 생겨났고, 국내 의료진들에 의한 의료봉사가 활성화되었다. 국내 의료진들이 해외 의료봉사에 눈을 돌리기 시작한 것은 1990년대 중반 이후부터였는데, 세민얼굴기형돕기회는 국내 의료진들의 해외 의료봉사가 지금처럼 활발해지기 전부터 한 발 앞서 베트남에서 얼굴기형 무료수술 사업을 시작했다.

　최근에는 여러 구호단체와 NGO, 그리고 대형 종합병원들과 기업들이 앞 다투어 해외로 의료봉사단을 파견하고 있다. 대부분은 자신의 능력으로 가난하고 열악한 환경에서 건강과 생명을 위협받고 있는 사람들을 돕는다는 자부심과 사명감으로 열심히 활동하며 아름다운 인류애를 실천하고 있다. 그러나 단기간에 이벤트성으로 이루어지는 의료봉사가 많다보니 여러 가지 문제점들이 드러나기도 한다. 가장 큰 문제는 아직 숙련이 부족한 대학생이나 전공의들이 실습하듯이 부적절한 의료행위를 하는 경우와 현지 사정을 잘 모르고 무작정 가는 바람에 정작 필요한 시술과 의약품 공급을 제대로 하지 못하고 돌아오는 경우다. 아무리 좋은 뜻으로 시작한 일이라도 제대로 준비하지 못하고 떠나는 해외 봉사 활동은 오히려 수혜자들에게 상처를 줄 수 있다.

그런 점에서 세민얼굴기형돕기회의 베트남 의료봉사는 여러 가지로 모범적인 활동 사례로 평가받고 있다. 우선 세민얼굴기형돕기회는 베트남이라는 한 나라를 대상으로 매년 한 해도 거르지 않고 꾸준히 의료봉사를 펼치고 있다. 그래서 이번에 다 치료하지 못한 환자를 그 다음 해에 연속적으로 치료하는 것이 가능하다. 무엇보다 최고의 실력을 갖춘 성형외과 전문의들이 엄격하게 수술을 집도하기 때문에 치료를 받는 환자들의 만족도가 높다. 그만큼 세민얼굴기형돕기회의 활동은 체계적이고 전문적이다.

10년 무사고 의료봉사에
2,000번째 수술 달성

물론 얼굴기형 수술은 재난이나 전쟁으로 고통 받는 나라로 떠나는 긴급구호 활동과는 성격이 조금 다르다. 그러나 저개발 국가에서 어려운 경제 상황과 낙후된 의료 환경 때문에 방치된 수많은 얼굴기형 환자들의 고통을 덜어주고 삶의 질을 높여주는 활동이라는 점에서 꼭 필요하다. 세민얼굴기형돕기회는 국내는 물론 베트남, 우즈베키스탄, 몽골 등에서 희망의 미소 전도사로 활약하고 있다. 특히 지난 15년 동안 베트남에서 이룩한 성과는 놀라웠다.

2005년 6월 15일, 이 날은 세민얼굴기형돕기회가 베트남 의료봉사를 시작한 이래 가장 뜻 깊은 날 중 하루였다. 10년 무사고 의료봉사에 2,000번째 수술을 달성했기 때문이다. 물론 그들이 하는 일을 숫자로 의미를 따질 수는 없다. 그러나 그 안에 담겨진 수많은 베트남 얼굴기형 어린이와 그 가족들의 희망을 생각하면 충분히 자축할 만한 일이다. 원래 예정된 스케줄대로 수술이 진행되었다면 봉사활동 셋째 날인 6월 14일에 2,000번째 수술이 이루어졌어야 했다. 그런데 그날따라 다지증, 합지증, 화상환자 등 힘겨운 환자들이 연이어 수술대에 오르는 바람에 일정이 다음 날로 미루어지게 되었다.

드디어 15일, 취재를 위해 한국과 베트남 현지에서 온 언론사 사람들

"우리 주변에는 얼굴기형으로 고통 받는
수많은 아이들과 그들의 부모가 있습니다.
내 일이 아님에도 그들과 함께할 수 있는
보석 같은 사람이 많았으면 좋겠습니다."

로 병원이 오전부터 북적거렸다. 2,000번째 수술의 주인공은 구순열을 가진 도딘도(당시 생후 5개월)라는 남자 아이였다. 수술이 끝나자마자 일제히 플래시가 터졌고, 수술을 집도한 백롱민 교수와 나머지 의료진들에게 소감을 묻는 질문이 쏟아져 들어왔다. 백롱민 교수는 조용히 수술실을 빠져나와 언론사들을 상대했다. 그리고 그 사이 나머지 의료진들은 평상시처럼 다른 환자들을 수술했다. 의료봉사단에게는 2,000건 달성이라는 순간의 기쁨보다는 원래 가지고 있던 계획과 목표를 향해 한 걸음 한 걸음 나아가는 것이 더 중요했기 때문이다.

그날 저녁 모든 마지막 수술을 마친 봉사단은 세민얼굴기형돕기회의 베트남 활동 10주년을 축하하는 리셉션 자리에 초대되었다. 이 자리에는 한·베트남 양국의 의료진들과 응웬 티 빙 전 부주석을 비롯한 베트남 정부의 고위 간부들, 김의기 주 베트남 대사, 조정남 SK텔레콤 부회장 등이 참석했다. 또한 그동안 수술을 받은 환자와 부모들도 참석해 특별한 축하의 의미를 다졌다.

응웬 티 빙 여사는 기념사를 통해 다음과 같이 말했다.

"한국과 베트남의 친선과 우정을 보여주기에 이것만큼 더 좋은 일은 없는 것 같습니다. 한국이 천만 달러를 들여 베트남에 공장을 지어주면 많은 인력이 고용돼 물건을 만들고 임금을 받을 수 있습니다. 하지만 그들은 일한 만큼의 대가를 받는다고 생각하기 때문에 모두가 한국에 감사해하는 것은 아닙니다. 그런 반면 한국에서 온 세민얼굴기형돕기회 의료봉사단이 매년 베트남을 방문해 200~250명 정도를 수술하고 돌아갈 경우 그 아이의 부모, 친척, 친구 등 수만 명이 한국에 고마워하고 기억하게 되는 것 같습니다."

세민얼굴기형돕기회의 의료봉사 활동이 한·베트남 양국의 우호증진에 미친 영향은 그만큼 컸다. 한국 기업들이 공장을 건립하면서 지역경제 발전에 기여하고 있고, 한국 드라마가 방송되기 시작하면서 베트남 사람들의 한국에 대한 인지도가 많이 상승했지만, 결국 그들의 마음을 움직인 것은 나눔과 봉사의 정신이었다. 이처럼 나눔은, 특히 의료봉사는 수혜자들에게 직접적인 의료 혜택을 선사할 뿐 아니라 나눔을 베푸는 사람과 그 주변의 사람들까지 행복하게 만드는 위대한 힘을 가지고 있다.

나눔을 함께
실천하는 친구들

세민얼굴기형돕기회는 든든한 두 개의 축으로 이루어져 있다. 봉사활동 현장에서 직접 몸으로 뛰는 의료진과 자원봉사자들이 한 축이고, 봉사자들이 지속적으로 활동할 수 있도록 지원하는 기업과 개인 후원자들이 또 다른 한 축이다. 의료봉사단체라고 의사들만 있으면 다 될 것 같지만, 봉사활동을 하는 모든 비영리단체들이 그렇듯이 세민얼굴기형돕기회 역시 자원봉사자와 후원자들이 없다면 존립 자체가 힘들어진다. 그래서 재단을 만들 때 가장 신경을 쓰는 부분이 후원자들을 모으는 문제다. 백세민 박사도 처음 재단을 만들 때 후원회를 조직하는 일 때문에 힘든 점이 많았지만, 다행히 주변에 좋은 분들이 많아서 함께 뜻을 모을 수 있었다.

백롱민 교수가 형님 대신 재단을 이끌어가게 되었을 때도 의료봉사단 구성보다는 후원회를 유지하고 활성화시키는 일이 더 걱정이었다.

초창기 때 백세민 박사와의 인연으로 후원회에 참여한 사람들이 형님 없는 세민얼굴기형돕기회를 어떻게 생각할까도 고민이었고, 앞으로 해가 거듭되면서 사업의 규모도 커질 텐데 그럴수록 후원회 구성 문제가 큰 걸림돌이 되지는 않을까 염려스러웠다. 주변에서는 후원회 활성화를 위해 좀 더 다양한 계층의 사람들과 소통하기를 권했다. 그런 이야기를 들으니 백롱민 교수는 자신이 너무 병원에만 갇혀 살았나 싶은 생각이 들기도 했다. 그런데 가장 고민이었던 인간관계의 실타래는 의외로 쉽게 풀려나갔다. 백롱민 교수의 오랜 친구들이 먼저 도움의 손길을 내민 것이다.

"친구 좋다는 게 뭐냐. 롱민이가 좋은 일 한다는데 우리가 도와야지."

학창시절부터 허물없이 지내던 친구들인 전진옥 비트컴퓨터 대표, 최무형 대덕기연 대표, 홍성훈 로드인터내셔날 대표, 김철민 대연건축 대표, 이원웅 관동대 교수, 정창근 KITG 대표, 임완 이사 등이 후원회 활동을 하겠다며 나섰다. 이심전심으로 뜻이 통한 것이다. 그렇게 의기투합한 친구들은 세민얼굴기형돕기회 후원회 활동을 하고 있다. 특히 이들이 신경 써서 하고 있는 활동은 1년에 두 번 열리는 'Smile For Children 음악회'다. 이 음악회는 베트남 의료봉사에 참가한 봉사자들에 대한 감사의 마음을 전하고 후원자들 간의 교류를 도모하는 자리로, 치열한 의료봉사 활동의 사이사이에 찍히는 쉼표와 같은 역할을 하고 있다. 후원회는 음악회를 위해 물질적인 후원뿐 아니라 출연자 섭외는 물론이고 음악회 당일엔 현장 진행까지 손수 맡아서 한다.

"사회에 나가면 다들 한 자리씩은 한다는 사람들인데 음악회에서 보면 그런 사회적 지위와 체면은 모두 다 내려놓고 웃는 얼굴로 온갖 잡다한 일을 척척 해냅니다. 누가 시켜서 하는 일이라면 그렇게는 못했을 겁니다."

백롱민 교수는 그들에게 고맙다는 말은 하지 않는다. 그들이 얼마나 기쁜 마음으로 그 일을 하고 있는지 잘 알기 때문이다. '친구는 나의 기쁨을 배로 하고 슬픔을 반으로 한다'는 말이 있다. 그들은 친구라는 이름으로 모여 나눔의 기쁨을 배로 만들어가고 있다.

백롱민 교수와 친구들은 후원회 활동을 통해 함께 나눔의 기쁨을 실천할 멋진 새 친구들도 많이 만났다. 그 중에는 여름 음악회에 장소 제공과 프로그램 구성을 도와주고 있는 박완수 두물워크숍 대표를 비롯해 성은경 심여화랑 대표와 정재관 전 코엑스 대표가 있다. 특히 백 교수와 성 대표, 정 대표는 '베트남'이라는 공통분모로 만나 친해진 사이다. 정 대표는 한·베트남 경제협력위원회 위원장을 지냈고, 성 대표는 베트남 그림 시장에서 사업을 펼치고 있었다.

58년 개띠로 백 교수와 동갑인 성 대표는 염색을 하지 않아 머리카락이 희끗한 백 교수를 처음 보고 띠동갑의 연장자인 줄 알았다. 그런데 나중에 동갑이라는 사실을 알고는 괜히 꼬박꼬박 존댓말을 썼다며 억울해했다. 지금은 다른 후원회 동갑내기들과 함께 둘도 없는 친구 사이가 되었다. 성 대표는 음악회 후원 외에도 미술자선경매 행사를 주선하기도 하고, 매년 제작되어 배포되는 세민얼굴기형돕기회 캘린더에 그림을 제공해주고 있다.

정재관 코엑스 전 대표는 백롱민 교수보다 연배가 높지만 세민얼굴기형돕기회의 일에 특별한 애정을 가지고 있어서 인간적으로 마음을 주고받는 사이가 되었다. 물심양면으로 많은 도움을 주고 있으며, 특히 매년 겨울에 열리는 송년음악회 장소를 제공해주고 있는 그가 언젠가 이런 말을 했다.

"우리 주변에는 얼굴기형으로 고통 받는 수많은 아이와 그들의 부모가 있습니다. 내 일이 아님에도 그들과 함께할 수 있는 보석 같은 사람이 많았으면 좋겠습니다."

그의 말대로 세민얼굴기형돕기회와 함께 하고 있는 사람들 모두가 보석 같다. 바쁜 병원생활 중에 시간을 쪼개 베트남 의료봉사에 참가하는 의료진들과 작은 일이라도 보탬이 되었으면 좋겠다며 허드렛일도 마다하지 않는 자원봉사자들, 그리고 가진 것을 나눌 수 있어 행복하다고 말하는 후원회 핵심 멤버들과 작은 금액이나마 정성을 담아 정기적으로 후원금을 보내오는 얼굴 없는 일반 회원들까지 단 한 명도 소중하지 않은 사람이 없다. 혼자 있을 때보다는 함께 있을 때 더 빛나는 사람들이다.

바쁜 시간을 쪼개 의료봉사에 참가하는 의료진, 허드렛일도 마다하지 않는 자원봉사자들, 참된
나눔의 의미를 실천하는 후원자들이 있기에 오늘이 가능했다.

북한 동포를 위해 준비한
사랑의 미소

　백롱민 교수에게는 오랜 꿈이 있다. 북한에서 세민얼굴기형돕기회 사업을 하는 것이다. 사실 세민얼굴기형돕기회가 1990년대 중반부터 국내에서 해외로 눈을 돌리기 시작했을 때 가장 먼저 떠올린 나라는 베트남이 아니라 북한이었다. 그러나 당시만 하더라도 북한의 얼굴기형 환자들과 접촉할 수 있는 길이 없었다. 그래서 일단은 베트남에서 해외 의료봉사의 첫걸음을 내딛게 되었다. 하지만 백롱민 교수는 언젠가는 꼭 북한에서 얼굴기형 무료수술 사업을 펼치리라 마음먹고 있었다.

　그러다 대학교 때부터 친구이자 북한 전문가인 관동대 이원웅 교수에게 도움을 요청했다.

　"북한에서 얼굴기형 환자 무료수술 사업을 하고 싶은데, 방법이 없을까?"

　"찾아봐야지. 쉽지는 않을 거야."

이원웅 교수는 북한 문제에 정통한 전문가답게 어디서부터 실타래를 풀어야할지 꽉 막혀있던 북한 사업 문제에 접근할 수 있도록 길을 터주었다.

첫 번째 접촉은 2000년에 이루어졌다. 당시 남북관계가 많이 개선이 되고 이원웅 교수도 통일부에서 자문위원을 하고 있던 때라 여러 군데 줄을 대어 드디어 베이징에서 북한 관계자를 만날 수 있었다. 백롱민 교수는 북한 관계자에게 준비해간 자료를 보여주며 얼굴기형 어린이 성형수술의 필요성에 대해서 열심히 설명했다. 그런데 북한 쪽의 반응이 참 기가 막혔다.

"우리 공화국에는 언청이 같은 병을 가진 사람은 없습니다. 그러니까 그런 수술도 필요 없습니다."

백롱민 교수는 어이가 없었다. 세상에 언청이가 태어나지 않는 나라는 없기 때문이다. 그런데도 그렇게 얘기하는 것을 보니 아무래도 남한 단체의 도움을 받는 것에 거부감이 있는 것 같았다.

"얼굴기형 그런 거, 우리는 모릅네다"

그 후 2002년에 다시 한 번 기회가 닿아서 평양을 방문할 수 있게 되었다. 백롱민 교수와 이원웅 교수가 직접 가서 눈으로 확인한 평양의 의료시설은 세계에서 가장 낮은 수준이라고 해도 과언이 아닐 정도로 형편 없었다. 평양에서 제일 좋다는 병원에 가 봐도 베트남의 도립병원 수준도 안 되었다. 이는 우리나라 1960년대 수준에도 못 미치는 수준이었다. 심지어 전기도 잘 안 들어오고 물도 마음대로 쓸 수 없을 정도로 열악했다. 상황이 그러니 성형외과라는 독립된 의학 분야가 없는 것은 물론이고 성형수술의 개념조차 제대로 정립되어 있지 않았다. 게다가 그들은 얼굴기형 무료수술 사업보다는 의약품 등 물질적 지원 규모에 더 관심이 많았다.

"얼굴기형 그런 거, 우리는 모릅네다. 그보다는 당장 급한 말라리아와 결핵 약을 지원해주면 안 되겠습니까?"

그렇게 꽉 막힌 북한 관계자에게 백롱민 교수는 선천적 얼굴기형으로 고통 받는 사람들을 치료해야 할 필요성을 끈질기게 설명했다. 그랬더니 그들도 어느 정도 수긍하기 시작했다. 방북 도중 만나 이야기를 나누었던 나이 지긋한 의사와 중년의 여의사가 백롱민 교수가 가져간 사진 자료들을 유심히 바라보더니 조심스럽게 말문을 열었다.

"실은 여기에도 이런 환자들이 많이 있습니다."

백롱민 교수와 이원웅 교수는 속으로 쾌재를 불렀다. 이제야 말이 좀 통할 것 같았다. 사실 그들도 백롱민 교수가 보여준 얼굴기형 환자들에 대한 수술과 그 의료적 성과에 무척 놀라워하고 있었다.

"이런 수술은 어떻게 하는 겁니까?"

그들의 호기심 어린 질문이 이어졌다. 백롱민 교수는 성심성의껏 그들의 질문에 답해주었다. 그렇게 이야기가 조금씩 진척되더니 나중에는 구체적인 협력 방안까지 의논하게 되었다. 결국 북한에서 얼굴기형 환자 무료수술 사업을 한다는 합의서까지 쓰고 돌아왔다.

백롱민 교수는 곧바로 준비에 들어갔다. 베트남 방문 수준의 의료봉사단을 꾸려 북한 얼굴기형 환자들에게 무료수술을 실시하는 한편 북한 의사들에게 성형수술 기법을 전수하고 의료장비와 의약품을 기증하기 위한 준비였다. 그런데 그 해 갑자기 서해교전이 발발했다. 그 바람에 남북의 모든 교류가 끊어졌고, 북한 얼굴기형 환자 무료수술 사업 계획도 흐지부지되고 말았다.

"이 교수, 이대로 끝나는 건 아니겠지?"

"상황이 어떻게 바뀔지 모르니 조금만 더 기다려보자고."

이원웅 교수의 말처럼 참여정권이 들어서면서 다시 남북한 화해 모드가 조성되었다. 백롱민 교수는 중단되었던 사업 계획을 다시 실행해보려고 했다. 하지만 이전 정권에서 이루어진 합의 내용으로는 안 된다고 해서 뜻을 이룰 수가 없었다.

그렇게 속절없이 시간이 흘러갔다. 그러다 2010년에 다시 사업을 추진하게 되었다. 이때도 이원웅 교수가 큰 힘이 되어 주었다. 이번에는 재정적 지원까지 고려해서 한국과학재단(현 한국연구재단)을 통해 북한과 접촉했다. 북측은 남한의 대표적인 의료기관인 서울대학병원에서 직접 의료진을 파견해 북한의 환자들을 수술을 하는 것에 많은 부담을 느끼고 있었다. 그래서 좀 더 우회적인 루트가 필요했다. 이원웅 교수는 혼자서 평양에 들어가 실무자들을 접촉했다. 그들은 상부에서 허가를 안 해준다는 말만 되풀이했다.

"이것은 단순히 얼굴기형 환자 몇 명을 수술해주는 문제가 아니라 북한의 의학 수준을 끌어올리기 위해서라도 꼭 필요한 일입니다."

이원웅 교수는 그들을 설득하기 위해 노력했다. 사실 그들은 정치적인 입장 때문에 남한 의사들의 의료봉사 활동을 거부하면서도 국제적십자를 통해서 들어간 미국 국적 교포 의사들의 활동은 '동포애'라는 이름으로 허락하고 있었다. 이 얼마나 이중적인 태도인가. 이원웅 교수는 이런 부분에 대해서 집중적으로 이야기했다. 북한에 머무른 3일 내내 그들과 독주를 마시며 인간적으로 호소해보기도 하고, 그들에게 실질적으로 이득이 되는 것이 무엇인지에 대해서 이성적으로 설명하기도 했다.

결국 이원웅 교수가 긍정적인 대답을 가지고 돌아왔고, 이후 백롱민 교수가 개성에 들어가 얼굴기형 환자 무료수술 사업에 대한 기본적인 합의를 한 후 평양으로 가서 구체적인 사항까지 모두 합의를 보았다. 이제는 정말 세민얼굴기형돕기회의 오랜 숙원 사업이 이루어질 순간이 다가오고 있었다. 그런데 이번에는 천안함 사태에 이어 2010년 말 연평도 사태까지 발발했다. 북한 방문 의료봉사의 꿈은 그렇게 다시 한 번 기약 없는 미래로 미뤄지게 되었다. 백롱민 교수는 말했다.

"번번이 남북한의 정세가 맞물려 실행 단계 직전에 계획이 무산되어 버려서 실망도 많이 했습니다. 하지만 우리는 한번도 북한 사업에 대한 의지를 꺾지 않았습니다. 끝까지 포기하지 않고 반드시 성사시킬 것입니다."

다음 기회가 언제 올지는 아무도 장담할 수가 없다. 하지만 세민얼굴기형돕기회는 언젠가 꼭 실현될 그날을 기다리며 북한 동포들을 위한 사랑의 미소를 준비하고 있다.

봉사가 아닌
배움의 시간

　사람들은 봉사를 통해 살아가는 데 필요한 가치 있는 덕목들을 배운다. 15년이 넘는 베트남 의료봉사를 통해서 세민얼굴기형돕기회의 참가자들 역시 많은 것을 배우고 있다.

　1990년대 후반부터 꾸준히 활동에 참여하고 있는 김용규 원장은 의료봉사 활동을 하면서 새삼 자신의 재능에 감사하는 마음을 갖게 되었다.

　"만약 내가 의사가 아니었다면 어떤 봉사활동을 하면 좋을지 고민을 많이 했을 것 같습니다. 흔히들 봉사활동은 남을 돕는 것이 아니라 자기를 돕는 일이라고 하는데, 저도 그렇게 느꼈습니다."

　진정한 배려가 무엇인지 배웠다는 사람도 있었다. 의료봉사단의 핵심 멤버 중 한 사람인 윤인대 원장은 봉사활동 초창기 때만 해도 의사로서 참가했지만, 이제는 보다 인간적인 측면에서 참가하고 있다고 말한다.

　"봉사활동을 할 때 참가자들이 항상 견지해야 할 태도는 바로 상대방에 대한 배려입니다. 특히 그 상대방이 도움을 받는 위치에 있다면 더욱 더 신경을 써야 합니다. 모든 사람에게는 존엄성과 그들만의 자존심이 있습니다. 도움을 주는 입장이라고 해서 그들을 동정하거나 거만한 태도를 취해서는 안 됩니다."

그래서 그는 후배 의사들에게 베트남의 병원을 드나들면서 만나게 되는 모든 환자와 보호자들에게 항상 친절한 미소를 지어주고 반갑게 대해야 한다고 이야기하곤 한다.

"수술만 해준다고 우리가 할 일을 다 한 것이 아닙니다. 그들에게 또 다른 상처가 생기지 않도록 그들의 마음을 살피며 주의를 기울여야 합니다."

베트남 의료진을 대할 때도 마찬가지다. 베트남 의사들도 한국 의사들처럼 힘들게 의학 공부를 한 사람들이다. 한국 의료진의 의술이 조금 더 앞선다고 해서 그들의 자존심이 상할 만한 말과 행동을 해서는 안 된다. 그들에게서 진심어린 협조를 얻고 싶다면 먼저 그들을 진정한 친구처럼 대해야 한다.

아리랑TV의 김도현 PD는 3년 연속으로 베트남 의료봉사 활동 현장을 동행 취재했다. 그는 취재한 내용을 바탕으로 한국 의료진들의 활약과 수술을 받고 치유되어 가는 베트남 환자들의 이야기, 그리고 한국 의사들과 베트남 의사들의 우정에 대한 프로그램을 만들어 방송했다. 그는 한국 의사들뿐만 아니라 베트남 의사들의 열정도 높이 샀다.

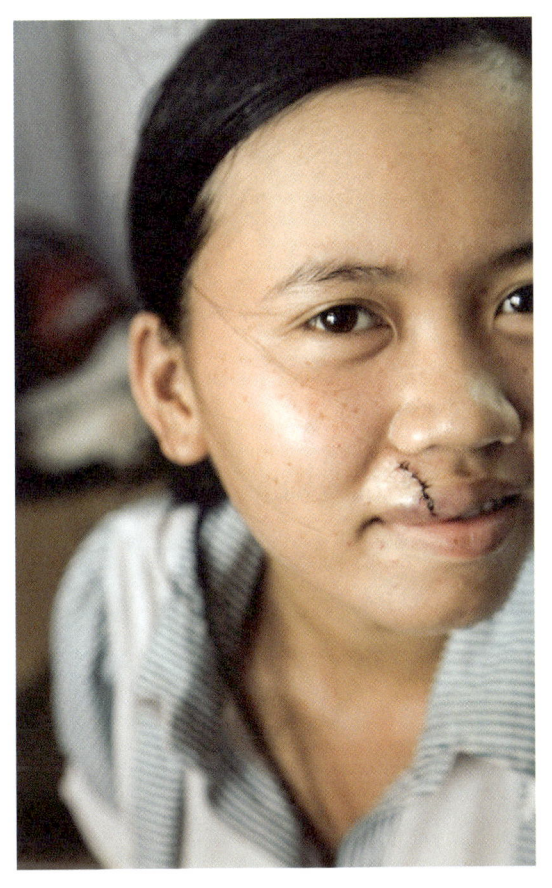

수술만 해준다고
우리가 할 일을
다 한 것이 아닙니다.
그들에게 또 다른 상처가
생기지 않도록
그들의 마음을 살피며
주의를 기울여야 합니다.

"한국 의사들이 베트남에서 열심히 하는 만큼 베트남 의사들도 현장에서 열심히 땀을 흘리고 있었습니다. 자기 시간을 희생해가면서 그 순간에 열정을 쏟아 붓는 모습이 매우 인상적이고 감동적이었습니다."

실제로 한국 의료진들은 정해진 봉사 기간 동안 수술만 하지만 환자들에 대한 수술 전 검사와 수술 후 치료까지 모두 베트남 의사들의 몫이다. 따라서 그들에 대해서 배려를 넘어선 존경의 마음을 가져야 한다는 사실을 봉사활동에 참여한 한국 의료진들 모두 가슴 속 깊이 새기고 있다.

진한 동료애 역시 봉사활동 현장에서 배우게 되는 미덕 중 하나다. 한국에서는 모든 시스템이 잘 갖춰진 환경 속에서 자신이 할 일만 잘 하면 되는 경우가 많지만, 베트남에 가보면 일손이 모자라 전공의들도 간호사나 간호조무사의 역할을 해야 한다. 그러면서 평소 자신의 일이 아니라서 미처 신경 쓰지 못했던 동료들의 일에도 관심을 가지게 되고, 서로의 노고에 대해서도 이해하게 된다.

아무리 봉사와 사명감으로 무장을 하고 있어도 빡빡한 스케줄로 체력이 바닥날 때가 많다. 그럴 때 진한 동료애만큼 힘이 되는 것이 없다. 2006년 남딘에서 실시된 의료봉사에 참가했던 이혜영 간호사는 한국을 떠나기 전 다리를 다치는 바람에 깁스를 한 채로 베트남에 왔다. 주변에서 다들 불편한 다리로 의료봉사를 떠날 수 있겠느냐고 걱정했지만 모처럼 자신에게 찾아온 해외 봉사의 기회를 놓치고 싶지 않다는 생각에 무리해서 따라왔다. 그러면서도 행여 자신의 불편한 몸 때문에 다른 봉사단원들이 활동하는 데 방해가 되지 않을까 속으로 걱정을 많이 했다. 하지만 주변 동료들의 따뜻한 이해와 협조로 큰 힘을 얻었고 다리가 불편한 것도 잊어버리고 평소 하던 대로 열심히 일할 수 있었다.

단원들 사이에 분열이 생기면 봉사활동은 결코 성공할 수 없다는 것을 그들 모두가 알고 있다. 그래서 그들은 서로를 돕지 않으면 안 된다. 컨디션이 안 좋은 막내를 최고참이 손수 챙기고, 피곤해하는 선배들을 위해 후배들은 간식을 챙기며 파이팅을 외치는 이유도 그 때문이다. 누가 시키지 않아도 서로 기운을 불어 넣어주고, 그러면서 팀워크가 쌓여 간다.

봉사단원들은 인생에서 중요한 것이 물질적인 것만은 아니라는 것도 깨달았다. 베트남 의료봉사에 참가하는 의사들 중에는 개인병원을 1주일 이상 문을 닫고 오는 경우도 많다. 현실적으로 생각하면 병원을 1주일 닫으면 그만큼 금전적인 손실을 보게 된다. 하지만 인생을 좀 더 길게 놓고 보면 당장 눈앞의 경제적 손실보다는 봉사활동을 통해서 배우게 되는 삶의 지혜가 훨씬 값지다는 것을 그들은 알고 있다.

"무료수술을 받기 위해 찾아오는 베트남 얼굴기형 환자들의 경우, 4인 가족의 한 달 생활비가 3만 원이 채 안 되는 경우가 허다합니다. 그에 비하면 우리는 물질적으로 얼마나 풍요로운 삶을 살고 있습니까? 하지만 진정한 행복은 그런 물질적인 부분에서 오는 것이 아니라는 것을 나보다 어려운 사람들을 도우면서 느끼게 됩니다."

누구나 한 번쯤 살면서 무엇을 인생의 1순위로 두어야 하는지 생각해
봤을 것이다. 노르웨이의 작가 입센은 "남을 위해 봉사함으로써 자기 역
량을 알 수 있다"고 했고, 인도의 정신적 지도자 간디는 "봉사를 위해 보
낸 삶이 오직 열매 맺는 삶이다"라고 했다. 세민얼굴기형돕기회는 말한
다. 인생의 참맛을 알려거든 봉사활동을 떠나라고. 당신의 삶을 미소로
가득 채울 배움의 길이 바로 그곳에 있다고.

베트남 의사들이 이어갈
사랑의 수술

　베트남 의료봉사 기간 중 진료와 수술이 원활하게 진행되기 위해서는 베트남 현지 의료진들의 협조와 준비가 매우 중요하다. 세민얼굴기형 돕기회의 의료봉사단이 베트남 병원에 도착하면, 가지고 간 의료장비와 의약품을 정리하고 수술실 세팅을 하는 것으로 의료 봉사활동을 시작한다. 그 전에 필요한 모든 사전 준비들은 108국군중앙병원의 책임하에 이루어진다.

　108국군중앙병원의 성형외과 관계자들은 한국 의료진들이 도착하기 전에 베트남 각 지역 병원에 공문을 보내 주민들에게 얼굴기형 무료수술의 내용과 대상을 홍보한다. 그리고 무료수술을 희망하는 환자들 중에서 수술대상자를 선별한다. 선별 기준은 구순구개열, 안검하수, 다지증, 합지증 등 흔한 선천적 기형 중에서 상태가 중한 경우를 좀 더 우선으로 하되, 의료봉사단이 가지고 가는 의료장비의 여건으로 소화할 수 없는 중증의 기형 환자는 일단 제외시킨다. 이렇게 선별된 환자들에 대해서 베트남 의료진들은 수술에 필요한 모든 검사를 마치고 한국 의료진들이 도착하면 바로 수술을 할 수 있도록 준비를 한다. 1주일, 길어야 열흘을 넘지 않는 봉사기간 동안 최대한 많은 수의 환자들을 안전하고 완성도 높게 수술을 해야 하는 상황에서 이러한 진행 과정은 매우 효과적인 시스템이라고 할 수 있다.

초창기 때는 베트남 의료진들과 한국 의료진들 사이에 의사소통이 잘 안 되고 역할분담도 제대로 되지 않아 시간을 허비하는 경우가 많았다. 그러나 해가 거듭될수록 경험과 신뢰가 축적되면서 신속하고 질 높은 수술을 할 수 있게 되었다. 특히 베트남 의사들의 수술 실력은 해가 갈수록 발전해, 지금은 여섯 개의 수술대 중 두 개는 베트남 의사들이 맡아서 책임지고 있다.

세민얼굴기형돕기회는 가능하면 오랫동안 베트남에서 얼굴기형 환자 무료수술 사업을 하고 싶다. 아직도 무료수술의 기회에 목말라 하는 수많은 얼굴기형 환자들이 베트남 전역에서 그들을 기다리고 있기 때문이다. 그러나 세민얼굴기형돕기회가 이 일을 영원히 할 수는 없다.

"우리의 궁극적인 목표는 베트남 의사들이 직접 자기 나라 얼굴기형 어린이들을 수술할 수 있는 능력을 갖도록 돕는 것입니다. 우리가 매년 다른 지역을 방문하면서 장소를 제공한 병원에 우리가 가지고 간 수술 장비와 소모품들을 기증하고 현장의 베트남 의사들에게 수술방법을 가르치는 것도 그러한 이유 때문입니다."

백롱민 교수를 비롯한 세민얼굴기형돕기회 의료봉사단의 성형외과 의사들은 한국에서도 최고의 수준으로 인정받고 있다. 베트남 각 지역 병원의 성형외과 의사들은 한국 의료진의 방문에 흥분과 설렘을 감추지 못한다. 그들에게는 첨단 성형외과 수술 과정을 참관하고 배울 수 있는 절호의 기회이기 때문이다. 백롱민 교수는 그런 베트남 성형외과 의사들에게 좀 더 체계적이고 집중적인 훈련의 기회를 주기 위해서 매년 한 명씩 108국군중앙병원의 의사를 국내로 초청해 연수를 받도록 주선하고 있다.

현재 108국군중앙병원의 성형외과에는 총 열 명의 전문의가 있는데, 그들 중 일곱 명이 한국에서 연수를 받았다. 그들은 베트남 성형외과 발전에 많은 기여를 했을 뿐 아니라 한국과 베트남의 교류에도 앞장서고 있다.

백롱민 교수와도 각별한 사이였던 닥터 안은 닥터 판의 추천으로 한국에서 성형외과 연수를 받은 첫 번째 베트남 의사다. 그는 1999년에 세민얼굴기형돕기회 의료봉사단과 동행한 한 언론사와의 인터뷰에서 다음과 같은 말을 했다.

"한국은 자국민의 건강을 돌보기 위해 훌륭한 환경을 지니고 있다고 봅니다. 예를 들면 훌륭한 의료장비와 친절한 의료진 등이 있어 한국민은 좋은 보호자를 가지고 있는 셈입니다. 성형외과 중 재건술과 안면기

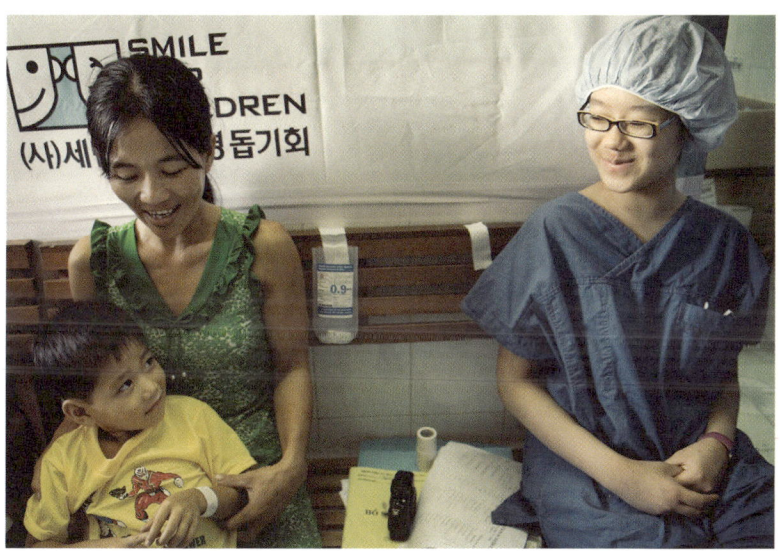

세민얼굴기형돕기회는 가능하면 오랫동안 베트남에서 얼굴기형 환자 무료수술 사업을 하고 싶다. 아직도 무료수술의 기회에 목말라 하는 수많은 얼굴기형 환자들이 베트남 전역에서 그들을 기다리고 있기 때문이다.

형술에서 더욱 그렇습니다. 베트남에서는 안면수술을 하지 못하고 있습니다. 특히 한국에서는 모든 것이 환자 중심으로 이루어지고 있어 매우 감명받았습니다. 한국 의료진에게 경의를 표합니다.”

15년 동안 같이 성장해온 베트남의 의료술

닥터 안은 한국 연수를 마치고 베트남으로 돌아가 닥터 판에 이어 108국군중앙병원 성형외과의 책임자로 근무하면서 세민얼굴기형돕기회 사업이 자리 잡을 수 있도록 애써주었다. 그런데 닥터 안은 온 몸의 근육에 점점 힘이 없어지는 희귀병에 걸려 지금은 은퇴한 상태다. 든든한 친구이자 동료였던 그가 어느 순간부터 보이지 않게 되자 세민얼굴기형돕기회의 한국 의료진들은 말로 다하지 못할 정도의 아쉬움과 슬픔을 느꼈다. 백롱민 교수는 베트남에 가서 시간이 될 때마다 그를 찾아가 보는데, 이제는 거의 몸을 움직이지 못하고 인공호흡기에 의지한 채 누워만 있는 모습에 안타까운 마음을 감출 수가 없다.

“고 닥터 판의 총애를 한 몸에 받았던 닥터 안은 탁월하게 뛰어난 사람이었습니다. 똑똑하고 성실했을 뿐 아니라 인품도 훌륭한 군인이었습니다. 참 아까운 의사 한 사람을 잃게 되어 안타깝습니다.”

닥터 안이 없는 빈자리는 베트남의 다른 성형외과 의사들이 훌륭히

채워나갔다. 최근까지 108국군중앙병원의 성형외과 과장이자 세민얼굴기형돕기회 사업의 베트남 팀장을 맡았던 닥터 토(Tho)가 그 중심에 있었다.

"한국팀의 자원봉사 활동방식이나 의료봉사 시기는 아주 적절합니다. 특히 다른 나라에서는 의료기기의 지원이 없는 것에 반해 한국은 의료기기를 기증한다는 점이 특별하다고 생각합니다."

그는 이러한 부분이 베트남 의료진들이 한국의 세민얼굴기형돕기회 사업을 신뢰하는 이유라고 말한다. 닥터 판의 조카이기도 한 닥터 토는 하노이 토박이로 1975년에 하노이 군의대학 졸업 후 닥터 판 밑에서 수련의 과정을 거쳐 성형외과 전문의가 되었다. 그동안 한국에 두 차례 정도 방문했으며, 한국과 베트남의 첨단 성형기술 교류에 큰 역할을 담당해왔다. 그의 전공분야는 발가락 성형인데 발가락의 영어 발음인 토(toe)가 그의 이름인 토(Tho)와 같아서 한국 의료진 사이에서는 친근하게 '발가락 선생'으로 통하기도 했다. 그는 군의관 대령으로 이제 정년이 다 되어 그의 후배들에게 자리를 물려줄 예정이다. 은퇴 후에는 개인병원을 개업할 예정인데, 자원봉사자의 자격으로라도 세민얼굴기형돕기회 사업에 계속 참여하고 싶어 한다.

닥터 토의 은퇴 후에는 닥터 램(Laam)이 그 자리를 이어갈 것이다. 닥터 램의 경우 세민얼굴기형돕기회 의료봉사단이 처음 베트남을 방문했을 때만 해도 존재감이 미약한 말단이었다. 그런데 15년이라는 세월이

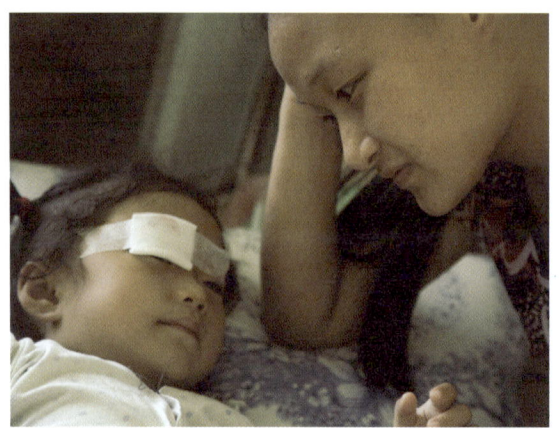

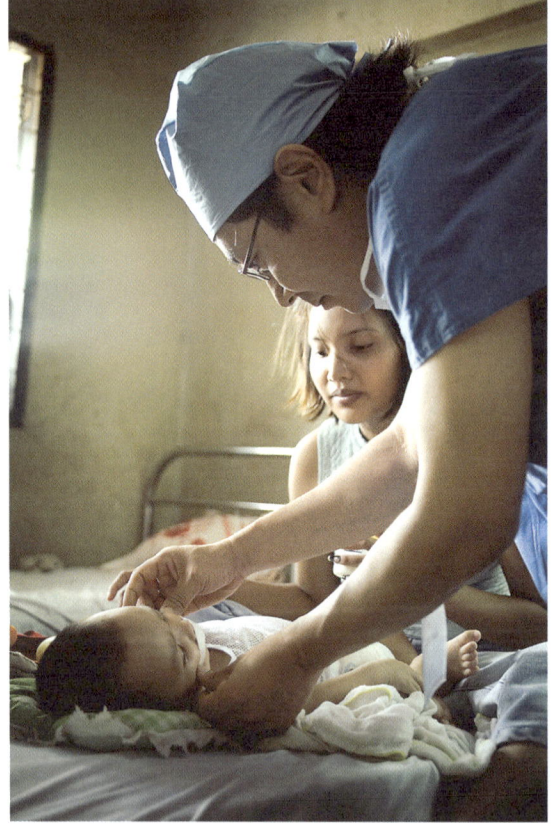

앞으로 세민얼굴기형돕기회가 더 이상 베트남 의료봉사를 진행하지
못하게 되는 순간이 오게 될지도 모른다. 만약 그렇게 되더라도 걱정은
없다. 한국 의료진들로부터 훌륭한 성형수술 기술을 전수받은 베트남
의사들이 세민얼굴기형돕기회의 뜻을 이어 베트남 각지에 사랑의 의
술을 펼쳐나갈 것이기 때문이다.

흐르는 동안 중견의사로 성장해 지금은 중요한 역할을 하고 있다. 그렇게 세월이 흐른 만큼 베트남의 성형외과 의술 역시 커다란 발전을 이룩했다. 한국에서 연수 프로그램을 밟은 의사들이 중심이 되어 기여한 결과다.

앞으로 세민얼굴기형돕기회가 더 이상 베트남 의료봉사를 진행하지 못하게 되는 순간이 오게 될지도 모른다. 만약 그렇게 되더라도 걱정은 없다. 한국 의료진들로부터 훌륭한 성형수술 기술을 전수받은 베트남 의사들이 세민얼굴기형돕기회의 뜻을 이어 베트남 각지에서 사랑의 의술을 펼쳐나갈 것이기 때문이다. 감동은 또 다른 감동을 낳고, 사랑의 의술은 또 다른 사랑의 의술을 낳는 선순환의 하모니. 그것이 바로 세민얼굴기형돕기회(Smile For Children)가 그려나갈 미래의 모습이다.

어느 성형수술 환자의 편지

백롱민 선생님께

어느덧 겨울이 지나고 봄비가 촉촉이 내리는 계절입니다.

비단 계절뿐 아니라 제 마음에도 봄이 찾아와,

잠을 충분히 자지 않고도 지치지 않고

제게 주어진 하루하루의 시간이 새삼 소중하게 여겨지는 요즘입니다.

지금까지의 시간을 되돌아보면 제게는 '위기의 시간'이었습니다.

하지만 그 시간들을 통해 또 다른 행복들을 찾았습니다.

제게 주어진 많은 것들을 감사하기보다는 없는 것에 대한 바람으로

소소한 문제에 연연했던 안이한 제 자신의 모습을 발견했습니다.

제가 너무 연약하고 이기적이기에 이렇게 깨닫고도

그 잘못들을 뉘우치기보다는 제 자신을 합리화할 때가 많지만

이제는 행복하다는 마음을 지니려 노력하기보다는

'나는 행복하다'라고 결단하려 합니다.

선생님을 의사와 환자의 관계로 만나게 된 것이 기쁩니다.

비단 저의 외면적 모습만 바뀐 것이 아니라,

선생님과의 만남을 통해 많은 것을 느끼고 배웠습니다.

선생님의 많은 배려에 정말 감사드립니다.

저도 공부를 마치고 제 분야에서 훗날

제 도움이 필요한 이들에게 베푸는 삶을 살겠습니다.

단순히 제 만족이나 부모님의 기대에 따르기 위한 학문탐구가 아닌

베푸는 즐거움을 누리기 위해서 열심히 노력하겠습니다.

늘 건강하시고 평안하시길 기도합니다.

20XX년 X월 X일
OOO 드림

사람은 행복하다고 느끼는 순간 주위를 둘러보게 된다. 누군가와 그 순간의 기쁨을 나누고 싶기 때문이다. 나눔이라는 명제가 아직도 낯선 사람들이 있을지도 모르겠다. 하지만 한 가지 분명한 것은 나눔으로 내 행복의 크기가 줄어들지는 않는다는 것이다. 오히려 나누면 나눌수록 점점 더 커지는 기적을 행하는 것이 나눔의 행복이다.

더욱 신기한 것은 나눔에는 전염성이 있다는 것이다. 내게로 전해진 나눔은 또 다른 나눔으로 다른 사람에게 전달되고, 그 나눔은 또 다른 나눔이 되어 사람들을 전염시킨다. 그 나눔의 매개체가 바로 감사의 마

음이다. 가슴 속에 누군가에게 감사하는 마음을 품게 되는 순간, 그 마음은 날개를 달고 사람들 사이를 날아다니며 나눔의 기쁨을 전하기 시작한다.

　유니세프 대사로서 전세계의 수많은 어린이들에게 사랑과 구호의 손길을 전했던 아름다운 나눔 천사 오드리 헵번은 "아름다운 눈을 갖고 싶다면 다른 사람의 좋은 면을 보라"고 했다. 그의 말대로라면 아름다운 미소를 갖고 싶은 사람은 다른 사람의 얼굴에 미소를 짓게 만들면 된다. 그런 의미에서 수많은 사람들에게 사랑과 희망의 미소를 전하고 있는 세민얼굴기형돕기회(Smile For Children)와 함께 하는 사람들이야 말로 세상에서 가장 아름다운 미소를 가질 자격이 충분하다.

세상에서 가장 아름다운 미소

초판1쇄 인쇄일 2011년 7월 1일 | 초판1쇄 발행일 2011년 7월 5일
지은이_세민얼굴기형돕기회 | 펴낸곳_(주)도서출판 예문 | 펴낸이_이주현
기획_정도준 | 편집_김유진 · 윤서진 | 디자인_배윤희 | 마케팅_채영진 | 관리_윤영조 · 문혜경
등록번호_제307-2009-48호 | 등록일_1995년 3월 22일 | 전화_02 765 2306 | 팩스_02 765 9306
주소_서울시 성북구 성북동 115-24 보문빌딩 2층 | 홈페이지 http://www.yemun.co.kr
isbn 978-89-5659-176-6 (03810)